베니스의 상인

베니스의 상인

윌리엄 셰익스피어 최종철 옮김

민음사

차례

베니스의 상인

007

일러두기

1 번역에 사용한 저본 및 참고본은 작품 해설에 밝혀 두었다.

2 고유명사의 표기는 국립 국어원의 외래어 표기법을 따르되 이미 굳어져
   널리 쓰이는 표기 등은 예외를 두었다.

3 원문에서 의도적으로 어법에 맞지 않게 쓴 표현은 그대로 살려 번역하거나
   일부 방언을 사용했고 대부분 각주로 표시했다.

4 독자의 편의를 위해 대사의 행수를 5행 단위로 표기했으며, 이는 원문의
   길이와 전체적으로는 거의 같지만 완벽하게 일치하지는 않는다.
   한 행이 계단식 배열로 표시된 것은 1) 한 인물이 같은 행을 나누어
   말하거나 2) 둘 이상의 인물이 같은 행을 나누어 말하는 경우다.

5 막 구분 없이 장면의 연속으로만 진행되던 셰익스피어 당시 공연 관행을
   반영하기 위해 막과 장의 숫자만 명기하고 장소는 각주에서 설명했다.

6 부록에 수록한 원문은 구텐베르크 프로젝트 웹사이트에서 가져왔다.

등장인물

안토니오	베니스의 기독교도 상인, 바사니오의 친구
바사니오	베니스의 귀족, 안토니오의 친구이며 포셔의 구혼자
레오나르도	바사니오의 하인
그라티아노	베니스의 신사, 안토니오와 바사니오의 친구이며 네리사의 구혼자
로렌초	바사니오의 신사 친구, 제시카의 구혼자
솔라니오 살라리노	베니스의 신사들, 바사니오와 안토니오의 친구
공작	베니스의 통치자
살레리오	베니스의 사절
포셔	벨몬트의 부자 상속녀, 바사니오의 애인
네리사	포셔의 시녀
사자(스테파노)	포셔 집안의 하인
발타자르	포셔의 하인
머슴	포셔 집안의 일꾼
모로코 왕자	포셔의 구혼자
아라공 왕자	포셔의 둘째 구혼자
유대인 샤일록	베니스의 고리대금업자
제시카	유대인의 딸, 로렌초의 애인
투발	샤일록의 친구, 같은 유대인
광대(란슬럿 지오베)	유대인 집안에서 안토니오 집안으로 간 일꾼
지오베	광대의 아버지
사자	포셔 집안의 일원
하인	안토니오 집안의 일꾼

간수, 고관, 시종, 수행원, 법정 관리, 악사
및 종자들

장소	베니스와 벨몬트의 포셔 저택.

1막 1장

안토니오, 살라리노, 솔라니오 등장.

안토니오 난 정말 왜 이렇게 슬픈지 모르겠네,
지겨울 정도야, 자네도 지겹다고 하네만.
근데 내가 이 상태에 어이 어찌 빠졌는지
그 내용이 무엇인지 어디에서 생겼는지
알 수가 있어야지.   5
슬픔 땜에 이렇게 바보가 됐으니까
난 자신을 아는 일에 애 많이 써야겠어.

살라리노 자네의 마음이야 대양 위에 넘실대지.
한껏 돛을 부풀린 자네의 상선들이
물 위를 걷고 있는 유지나 부호처럼   10
또는 달리 말하자면 바다 위의 행렬처럼
엮은 날개 달고서 나르는 듯 지나갈 때
그들에게 무릎 굽혀 존경을 표하는
잔챙이 화물선들 굽어보는 거기 있지.

솔라니오 그럼, 그만한 모험을 내가 만일 벌였다면   15
내 마음의 대부분은 해외의 기대치와
함께 있을 것이네. 연거푸 풀을 뜯어
바람 부는 방향을 알려고 할 것이며
지도에서 항구, 부두, 도로를 샅샅이 살피겠지.

1막 1장 장소
베니스의 길거리.

15행 모험
위험이 따르는 투자, 벤처.

9

내 모험에 혹시라도 불운을 가져올까 20
걱정하게 만드는 모든 것은 틀림없이
날 슬프게 할 것이네.

살라리노   더운 국물 식힐 때도
너무 강한 바람이 바다에서 줄 수 있는
피해를 생각하면 오한이 날 걸세.
모래시계 작동하는 모습을 보고는 25
여울과 모래톱 생각을 할 수밖에.
그래서 비싼 배 앤드루가 모래에 갇힌 뒤
장루를 늑골 아래 처박고 묘지에 키스하는
상상을 할 수밖에 없겠지. 교회에 나가서
돌로 만든 성스러운 건물을 볼 때면 30
곧바로 위험한 암초를 생각하지 않겠어?
그것이 연약한 내 뱃전에 닿기만 하여도
향료들은 모조리 바다에 흩어지고
포효하는 물결은 비단옷을 입을 텐데,
한마디로 좀 전엔 이만한 가치가 지금은 35
무가치가 아닌가? 이렇게 생각하는
생각이 있으면서 그런 일이 생기면
슬퍼질 거라는 생각이 안 들 수 있겠어?
말하지 않아도 난 안토니오 자네가
상품 생각하면서 슬픈 줄로 알고 있네. 40

안토니오 그건 정말 아니라네. 운이 좋은 덕분에
나는 배 한 척이나 한 곳만 믿고서
모험하진 않으며, 이번 한 해 운수에
내 모든 재산이 달린 것도 아니라네.
그러니까 상품 땜에 슬픈 건 아닐세. 45

솔라니오 그렇다면 사랑에 빠졌군.

안토니오	에이, 에이.

솔라니오　사랑도 아니라? 그렇다면 즐겁지 않아서
　　　　　슬프다고 해 두지. 그건 마치 슬프지 않아서
　　　　　웃고 뛰며 즐겁다고 말하는 것만큼　　　　　　　50
　　　　　손쉬운 일이라네. 두 얼굴 야누스에 맹세코
　　　　　조물주가 때로는 이상한 자들을 빚어냈어.
　　　　　어떤 자는 언제나 주름 잡힌 실눈 뜨고
　　　　　풍적수(風笛手)를 보면서 앵무처럼 웃는데
　　　　　어떤 자는 식초 마신 얼굴을 하고서　　　　　　　55
　　　　　근엄한 네스토르가 이 농담은 우습다고 장담해도
　　　　　웃으려는 이빨조차 안 보이려 한다네.
　　　　　(바사니오, 로렌초, 그라티아노 등장.)
　　　　　아, 자네의 가장 귀한 친척인 바사니오와
　　　　　그라티아노, 로렌초가 왔구먼. 잘 있게,
　　　　　더 나은 동무들이 왔으니 우린 가네.　　　　　　　60

살라리노　더 훌륭한 친구들이 막지만 않았어도
　　　　　자네가 즐거워할 때까지 머물려고 했는데.

안토니오　자네의 훌륭함은 내가 높이 평가하지.
　　　　　내 생각에 자네는 볼일을 봐야 해,
　　　　　그래서 여길 떠날 기회를 잡았어.　　　　　　　65

살라리노　자네들, 좋은 아침 맞게나.

바사니오　이보게들, 우리가 언제 웃지? 언제냐고?
　　　　　지나치게 서먹서먹하구먼. 그래야 해?

살라리노　우리 한번 만나도록 틈을 내 보겠네.

51행 야누스
서로 반대쪽을 바라보는 두 얼굴을 가진
로마의 신.
54행 풍적수
스코틀랜드에서 많이 사용하는 백파이프를

부는 사람.
56행 네스토르
트로이 전쟁에서 그리스군의 가장 현명하고
나이 든 장로.

(살라리노와 솔라니오, 함께 퇴장)

로렌초	바사니오 형님, 안토니오 형님을 찾았으니	70
	저희 둘은 떠납니다, 하지만 저녁때	
	저희와 만날 곳은 꼭 염두에 두십시오.	
바사니오	어김이 없을 거네.	
그라티아노	안토니오 형님, 안 좋아 보입니다.	
	형님께선 세상을 너무 고려하시는데	75
	사서 그걸 걱정하면 그걸 잃게 된답니다.	
	정말이지 놀랄 만큼 변하셨습니다.	
안토니오	세상이야 세상일 뿐이지, 그라티아노,	
	무대란 말일세. 모두들 역을 해야 하는데	
	내 역할은 슬픈 거야.	
그라티아노	바보 역은 제가 하죠.	80

환희와 웃음으로 늙은 주름 오라 하고,
피 말리는 신음으로 제 심장을 식히느니
차라리 포도주로 제 간을 데우지요.
몸 안에 더운 피를 가진 자가 어째서
할아비 석상처럼 앉아 있단 말입니까?   85
깨 있는데 잠을 자요? 외고집을 부려서
황달을 불러와요? 보십시오, 안토니오 형님 —
형님을 사랑하고 사랑해서 말씀인데 —
고여 있는 연못처럼 두꺼운 얼굴로
지혜와 위엄과 심원한 사고력을 가졌다는   90
호의적인 평가를 받아 볼 요량으로
'난 신탁의 도사니라, 내가 입을 열 때면
개 한 마리 짖어서도 아니 될 것이니라.'
라고 말할 것처럼 의도적인 침묵을
지키는 부류의 인간들이 있답니다.   95

오, 안토니오 형님, 아무 말도 안 했다고
현명한 것으로만 간주되는 자들을
제가 알고 있는데, 그들이 말을 하면
확신컨대 그걸 듣는 사람들은 그들을
바보라고 부를 테니 욕먹을 일이겠죠.　　　　　　　100
이 얘기는 나중에 더 하겠습니다.
하지만 우울증을 미끼로 이 피라미를
이 바보 물고기, 명망을 낚지는 마십시오. ―
자, 가세, 로렌초. ― 잠시 작별하겠습니다.
제 설교는 식사 후에 끝맺도록 하지요.　　　　　　　105

로렌초　　　그럼, 저녁 먹을 때까지 물러나겠습니다.
그라티아노가 말할 틈을 안 주니까
저 또한 앞서 말한 벙어리 현자군요.

그라티아노　글쎄, 이 년만 더 나랑 같이 다녀 보게,
자신의 말소리도 못 알아들을 테니.　　　　　　　110

안토니오　　잘들 가게. 이러다간 내 수다가 늘겠어.

그라티아노　정말 고맙습니다, 침묵을 권할 곳은
말린 소 혓바닥과 안 팔린 처녀뿐이니까요.

　　　　　　　　(그라티아노와 로렌초 함께 퇴장)

안토니오　　근데 저게 무슨 말인가?

바사니오　　그라티아노는 베니스를 통틀어 그 누구보다 더 많은　115
헛소리를 끝도 없이 지껄이지. 그 가운데 사리에 맞
는 말은 두 섬의 밀 겨 속에 감춰진 두 낱의 밀알과
같다네. 그래서 하루 종일 찾는데 손에 넣고 보면
뒤질 가치가 없지 뭐야.

안토니오　　자 이제 그 숙녀가 누군지 말해 보게.　　　　　120
자네가 비밀 순례 가겠다고 맹세했고
오늘 내게 말해 주겠노라고 했잖은가.

바사니오	안토니오 자네도 모르진 않을 걸세,
	미약한 내 재력으로 지속할 수 있는 것보다
	조금은 더 분에 넘친 생활을 하느라고	125
	내가 내 재산을 얼마나 축냈는지.
	그렇다고 이제 와서 호화 생활 못 한다고
	한탄하진 않네만, 내 주된 관심사는
	내가 보낸 너무 좀 방탕했던 세월 동안
	나 자신을 담보로 한 커다란 빚들을	130
	깨끗이 갚는 걸세. 안토니오 자네에게
	돈과 사랑, 두 가지를 가장 크게 신세 졌지.
	그래도 자네의 사랑이란 보증이 있기에
	이 모든 빚들을 어떻게 청산할지
	내 계획과 목적을 털어놓을 수 있다네.	135
안토니오	부탁일세, 바사니오, 그게 뭔지 알려 주게.
	그 일이 자네가 언제나 명예롭듯
	명예의 범위 안에 있다면 확신하게,
	내 지갑과 내 몸과 극한 수단까지도
	자네가 필요할 때 다 내줄 테니까.	140
바사니오	난 학창 시절에 화살 하나 잃게 되면
	그것을 찾으려고 좀 더 잘 살펴보며
	꼭 같은 방향으로 꼭 같이 날아가는
	한 대를 더 쏘았고 둘 다 잃을 모험으로
	자주 둘 다 찾았었지. 이 어릴 적 경험 얘긴	145
	다음 말이 순수 그 자체라서 하는 걸세.
	자네에게 빚이 큰데 난 고집 센 청년처럼
	그 빚을 낭비했어. 하지만 부탁인데
	자네가 첫 번 것과 꼭 같은 방향으로
	한 대 더 쏴 준다면 내가 그 과녁을	150

지켜볼 테니까 틀림없이 두 대 다 찾거나
자네가 위험에 맡겼던 둘째 것을 되찾아와
첫 번 것에 감사하는 채무자로 남을 걸세.

안토니오   자넨 나를 잘 알아, 이렇게 내 사랑의
변죽을 울려 봤자 시간만 낭비할 뿐이네.   155
그리고 내가 다할 최선에 의문을 표하다니
내가 가진 모든 걸 탕진하는 것보다
더 커다란 잘못을 내게 하는 거라고.
그러니 자네가 알기에 내가 할 수 있는 일
그 일을 하라고 말만 해 준다면   160
준비는 다 돼 있네. 그러니 말하게.

바사니오   벨몬트에 유산 많은 한 숙녀가 사는데
그녀는 아름답고, 그보다 더 아름답게
놀라운 미덕을 가졌다네. 그녀의 눈에서
난 무언의 호감을 전달받은 적이 있네.   165
이름은 포셔이고, 로마 장군 카토의 딸
브루투스의 포셔보다 평가가 못지않고
이 넓은 세상 또한 그녀 값을 알고 있지,
바람 따라 사방에서 유명한 구혼자가
몰려오고 있으니까. 그녀 관자놀이에   170
황금의 양털처럼 드리운 빛나는 머리칼로
벨몬트의 그녀 집은 콜키스의 해안이 되었고
수많은 이아손이 그녀를 얻으려고 온다네.
오, 안토니오, 내가 만일 이들과 경쟁하여

167행 브루투스
로마의 정치가로 시저 암살의 주동자
가운데 하나. 포셔는 그의 아내 이름이다.

172행 콜키스
그리스 신화에서 황금의 양털이 있었다고
하는 아시아의 고대 국가. 그리스의 영웅
이아손이 모험 끝에 손에 넣었다.

	한자리를 차지할 재력만 있다면	175
	물어볼 것도 없이 운이 아주 좋아서	
	성공할 거라는 예감이 든다네.	
안토니오	알다시피 내 모든 재산은 바다에 나가 있고	
	가진 돈도 없는 데다 현금을 마련할	
	물건도 없다네. 그러니까 나가서	180
	베니스에서 내 신용이 어떤지 시험해 봐,	
	극단적인 무리를 해서라도 벨몬트의	
	아름다운 포셔에게 갈 채비를 해 줄 테니.	
	곧 가서 알아보게, 돈이 어디 있는지,	
	나도 그럴 테니까. 그러면 날 믿고 주든지	185
	날 봐서 주든지 문제 삼지 않을 거야. (함께 퇴장)	

1막 2장

포셔, 시녀 네리사와 함께 등장.

| 포셔 | 진짜야 네리사, 이 작은 몸은 이 커다란 세상이 지겨워. | |
| 네리사 | 그러실 테죠, 아씨의 불운이 아씨의 행운만큼이나 충만하다면요. 그리고 제가 뭐 아는 건 없지만 물리도록 많이 먹는 사람들은 못 먹어서 굶어 죽는 사람들만큼이나 병적이랍니다. 그러니까 중간쯤에 자리를 잡는다는 건 결코 중간치 정도의 행복만은 아니에요. 과욕하면 흰머리야 더 빨리 생기겠지만 | 5 |

1막 2장 장소
벨몬트. 포셔의 저택.

자족하면 더 오래 산답니다.

포셔　명언이야, 전달도 잘했고.　　　　　　　　　　　10

네리사　실천도 잘하시면 더 좋겠죠.

포셔　좋은 일을 하는 게 무엇이 좋은 일인 줄 아는 것만
　　　큼 쉽다면야 예배당은 교회가, 가난한 사람들의 오
　　　두막은 왕자들의 궁궐이 됐을 거야. 자신의 교훈을
　　　실천하는 성직자는 훌륭한 분이셔. 난 스무 사람에　15
　　　게 하면 좋은 일을 가르칠 수 있어, 내 가르침을 실
　　　천하는 스무 사람 가운데 하나가 되는 것보다 더 쉽
　　　게 말이야. 머리로야 혈기를 억제할 방법을 궁리하
　　　겠지만 급한 성질 때문에 냉철한 규제를 뛰어넘어
　　　버리잖아? 청춘이란 미치광이는 토끼와 같아서 절　20
　　　름발이 충고님의 덫을 가볍게 건너뛴단 말씀이야.
　　　하지만 이런 식의 논증으론 남편을 선택 못 해. 어머
　　　나, 선택이란 말이 나왔네! 난 원하는 사람을 선택
　　　할 수도, 싫은 사람을 거절할 수도 없어. 그래서 돌
　　　아가신 아버지의 의지가 살아 있는 딸의 의지를 구　25
　　　속한다니까. 네리사, 내가 누구를 선택도 거절도 못
　　　하는 거, 힘들잖아?

네리사　아씨의 아버지는 언제나 덕 높은 분이셨고 성스러
　　　운 분들은 죽음에 임박해서 영감을 얻는답니다. 그
　　　러니까 이 금, 은, 납, 세 가지 궤로 그분이 마련해　30
　　　놓은 제비뽑기는 그분의 뜻을 파악한 사람이 아씨
　　　를 선택하게 돼 있는데, 아씨께서 올바로 사랑할 사
　　　람이 아니라면 그 누구도 절대 올바른 선택을 못 할
　　　게 틀림없어요. 하지만 이미 와 있는 고귀한 구혼자
　　　들 가운데 아씨가 따뜻한 애정을 기울일 분이라도　35
　　　있으세요?

포서	이름을 하나씩 불러 봐, 그러면 이름을 부를 때마다 내가 그이들을 설명할 테니까 그 설명에 따라 내 애정을 맞혀 봐.
네리사	우선 나폴리 왕자가 있지요.
포서	그래, 그 사람 정말 수망아지야, 자기 말 얘기밖에 안 하니까. 게다가 그 말에게 스스로 편자를 신길 수 있다는 사실을 자신의 소양에 커다란 보탬으로 여기고 있어. 그의 모친께서 대장장이와 놀아나지 않았을까 무척이나 걱정돼.
네리사	다음으로 팔라틴 백작이 있지요.
포서	그는 찌푸리기밖에 하는 일이 없어. 마치 '날 원치 않는다면 맘대로 하시오.'라고 하는 것처럼. 그는 즐거운 얘기를 듣고도 미소를 짓지 않아. 젊은 시절부터 그처럼 버릇없는 슬픔으로 가득 차 있으니 늙어서는 울보 철학자가 되지 않을까 염려스러워. 이 둘 가운데 한 사람과 결혼하느니 난 차라리 입에 뼈를 문 해골과 결혼하겠어. 하느님은 이 둘로부터 저를 보호하소서.
네리사	프랑스 귀족인 르봉 씨는 어떠세요?
포서	하느님이 그를 빚었으니 남자로 쳐 줘야지. 사실 조롱꾼이 된다는 건 죄인 줄 알지만 그 사람 참! 글쎄, 그는 나폴리 왕자보다 더 나은 말과 팔라틴 백작보다 더 크게 나쁜, 찌푸리는 습관을 가졌어. 그는 아무도 아니면서 모든 사람이야. 개똥지빠귀가 울면 곧바로 깡충깡충 뛰어. 자기 그림자와도 칼싸움을 벌이고. 내가 만일 그와 결혼한다면 스무 명의 남편과 결혼하는 셈이지. 그가 날 경멸하면 용서해 줄 거야, 날 미치도록 사랑한대도 절대 보답하지 않을

40

45

50

55

60

테니까.

네리사   그렇다면 영국의 젊은 남작, 팰컨브리지는 어떤데요?

포서   내가 그에게 한마디도 않는다는 걸 알잖아. 난 그의
말을, 그는 내 말을 알아듣지 못하니까. 그는 라틴어
도 프랑스어도 이탈리아어도 몰라. 그리고 넌 법정
에 나와 내 영어가 반 푼어치도 못 된다는 사실을 70
증언할 거잖아. 그는 멋있는 사람의 초상화야. 하지
만 아, 그 누가 무언극과 대화를 나눌 수 있겠어?
옷 입는 건 또 얼마나 이상한데! 난 그가 조끼는 이
탈리아에서, 통바지는 프랑스에서, 모자는 독일에
서, 그리고 자신의 행동은 모든 곳에서 사 왔다고 75
생각해.

네리사   그의 이웃인 스코틀랜드 귀족은 어떻게 생각하세요?

포서   이웃을 위하는 자선심을 가졌다고 생각해. 잉글랜
드 사람에게 귀싸대기 한 대를 얻어맞고는 능력 있
을 때 갚아 주겠노라 맹세했으니까. 내 생각엔 프랑 80
스 사람이 그의 보증인이 되었고, 자기도 한 대를 추
가하기로 약속해 준 것 같아.

네리사   작센 공의 조카인 독일 청년을 좋아하세요?

포서   그가 정신이 말짱한 아침에는 아주 험악하게, 그리
고 술 취한 오후에는 최고로 험악하게 좋아하지. 85
그는 최고일 때는 인간보다 약간 못하고 최악일 때
는 짐승보다 약간 나아. 그리고 유례없는 최악의 사
태가 벌어졌을 때 그를 내게서 떼어 버릴 방도가 있
기를 바란단다.

80~82행 프랑스 ... 같아
잉글랜드와 스코틀랜드의 분쟁에서 프랑스가 후자를 지원하겠노라고 한 약속을 빗대어 한
말이다.

네리사	그가 선택을 자청하고 맞는 궤를 선택했는데 아씨	90

네리사 그가 선택을 자청하고 맞는 궤를 선택했는데 아씨 90
가 그를 거절하고 받아들이지 않으신다면 그건 부
친의 유지를 받들지 않으시겠다는 말이지요.

포서 그러니까 최악의 사태에 대비하여 라인산 포도주를
가득 채운 큰 잔을 틀린 궤 위에다 올려놔 줘. 악마
가 그 안에 있고 술의 유혹이 바깥에 있을 경우 그 95
는 그 궤를 선택할 테니까. 네리사, 난 스펀지와 결
혼만 않는다면 무슨 일이든 하겠어.

네리사 이분들 가운데 누구를 받아들일까 걱정하실 필요
는 없답니다, 아씨. 이분들이 자기들의 결심을 제게
통지했는데, 그건 바로 집으로 돌아가겠다는 것이 100
고 더 이상의 청혼으로 아씨를 괴롭히지 않겠다는
거예요. 궤로 결정되는 부친의 지시 말고 아씨를 얻
는 길이 달리 없다면요.

포서 난 시빌레만큼 오래 산다 해도 디아나처럼 순결한
채 죽을 거야, 아버지가 유언하신 방식으로 누가 나 105
를 얻지 못한다면 말이야. 난 요번 구혼자 무리가
아주 합리적이라서 기뻐. 이들 가운데 그 누구의 부
재든 내가 그걸 무조건 좋아하지 않을 리는 없을 테
니까. 이들이 고이 떠나게 해 주십사 하느님께 빌겠어.

네리사 저, 아씨의 아버지가 살아 계셨을 때 몽페라 후작과 110
함께 여기로 왔던 베니스 사람 기억나지 않으세요?
학자이며 군인이었는데?

포서 그래, 그래, 바사니오 씨였어, 내 생각에, 그렇게 불
렀지.

104행 시빌레
쿠마이의 시빌레. 오비디우스의 『변신 이야기』에서 아폴로는 그녀가 가리킨 모래 더미의
모래알만큼이나 많은 햇수를 살게 해 주겠노라고 그녀에게 약속했다. 그러나 영원한 젊음을
약속받지 못한 그녀는 계속 늙어만 갔다.

베니스의 상인

네리사	맞았어요. 어리석은 제 눈으로 쳐다본 모든 남자들	115
	가운데 아름다운 숙녀를 얻을 자격이 최고인 분이	
	셨어요.	

네리사　맞았어요. 어리석은 제 눈으로 쳐다본 모든 남자들　115
　　　　가운데 아름다운 숙녀를 얻을 자격이 최고인 분이
　　　　셨어요.

포서　　나도 그를 잘 기억해, 네 칭찬을 받을 만한 사람이
　　　　라는 것도 기억하고.

　　　　　　　　　　(시종 등장.)

　　　　그래 무슨 소식이냐?　　　　　　　　　　　　120

시종　　이방인 네 명이 작별을 고하려고 아씨를 찾고 있으
　　　　며 다섯째 이방인인 모로코 왕자로부터 전령이 왔
　　　　는데, 자신의 주인인 왕자께서 오늘 밤 여기로 오실
　　　　거라는 말을 전했습니다.

포서　　내가 다섯째 사람을 나머지 네 사람을 작별할 때만　125
　　　　큼이나 흔쾌한 마음으로 환영할 수 있다면 그의 접
　　　　근을 기뻐할 거야. 그가 만일 성자의 성품에 악마의
　　　　피부색을 가졌다면 나를 아내 삼기보다는 내 고해
　　　　를 들어 주면 좋을 텐데. 가자, 네리사. ─ 이봐, 넌
　　　　앞서 가거라.　　　　　　　　　　(시종 퇴장)　130
　　　　구혼자 하나가 방금 문을 나섰는데 또 하나가 두드
　　　　리네.　　　　　　　　　　　　　(함께 퇴장)

1막 3장

──────────────────────────────

바사니오, 유대인 샤일록과 함께 등장.

──────────────────────────────

샤일록　　삼천 다카트라, 글쎄요.
바사니오　그렇소, 석 달 동안이오.
유대인　　석 달 동안이라, 글쎄요.

바사니오	그리고 내가 말했듯이 안토니오 씨가 보증할 것이오.
유대인	안토니오 씨가 보증을 하겠다, 글쎄요. 5
바사니오	날 도와주겠소? 내 소원을 들어줄 거요? 대답을 들을 수 있겠소?
유대인	삼천 다카트를 석 달 동안, 그리고 안토니오 씨가 보증한다.
바사니오	그에 대한 대답 말이오. 10
유대인	안토니오 씨는 훌륭한 사람이오.
바사니오	그렇지 않다는 비난이라도 들은 적이 있단 말이오?
유대인	허, 아, 아, 아뇨, 아뇨. 그가 훌륭한 사람이라고 말한 건 그 사람으로 충분하다는 사실을 이해해 달라는 뜻이었소. 하지만 그의 재산은 추측에 의한 15 거랍니다. 그의 상선 한 척은 트리폴리로 또 한 척은 인도로 가고 있고, 더구나 리알토에서 듣기로 셋째는 멕시코로 넷째는 영국으로 가고 있으며, 게다가 해외에 뿌려 놓은 다른 모험도 있답니다. 하지만 배라는 건 판자때기일 뿐이고 선원 또한 인간일 뿐 20 인데, 뭍 쥐도 있고 물 쥐도 있고 물 도적과 뭍 도적도 — 해적 말입니다만 — 있으며, 바다와 바람과 암초의 위험 또한 있지요. 그럼에도 그 사람으로 충분합니다. 삼천 다카트라. 그의 계약을 받아들일 수 있을 것 같습니다. 25
바사니오	안심해도 좋을 거요.
유대인	안심할 수 있도록 만들 겁니다. 게다가 안심할 수 있

1막 3장 장소
베니스의 공공장소.
1행 다카트
이탈리아에는 금과 은 다카트가 있었으며
이 말은 돈이라는 뜻으로도 쓰였다.

여기에서는 금화를 가리킨다. 1다카트는 약
9실링. (리버사이드, 아든)
17행 리알토
베니스의 상업 중심지로서 거래소가 있던
곳.

	도록 생각도 해 볼 겁니다. 안토니오 씨와 얘기 좀	
	할 수 있을까요?	
바사니오	우리와 함께 식사해도 괜찮다면.	30
유대인	그럼, 돼지고기 냄새를 맡겠지요. 당신네 예언자 나	
	사렛 사람이 마법으로 악마를 집어넣은 짐승을 먹	
	겠지요. 난 당신네들과 함께 사고 함께 팔고 함께 얘	
	기하고 함께 걷는 등등은 하겠지만, 함께 먹거나 함	
	께 마시거나 함께 기도하진 않을 거요. 리알토에서	35
	무슨 소식이라도? 저기 오는 게 누구지요?	

(안토니오 등장.)

바사니오	(유대인에게) 안토니오 씨로군요.	
유대인	(방백) 아첨하는 로마의 세리 같은 저 꼴 좀 봐.	
	난 저자를 미워해, 기독교인이니까.	
	더군다나 저자가 비굴하게 바보같이	40
	공짜로 돈을 꿔 주니까 베니스시에서	
	우리의 고리대가 낮아진단 말씀이야.	
	한 번쯤 메다꽂을 기회만 있다면	
	오래 묵은 원한을 꼭 풀어 볼 것이다.	
	저자는 우리의 신성한 나라를 미워하고	45
	상인들이 운집한 곳에서도 나와 내 장사와	
	정당한 내 소득을 이자라고 부르면서	
	욕을 했어. 내가 그를 용서하면 유대족이	
	저주를 받으리라.	
바사니오	샤일록, 듣고 있소?	
유대인	(바사니오에게)	
	난 현재의 저축액을 따져 보고 있소이다.	50

31~32행 당신네 ... 짐승
예수가 마귀들을 돼지 떼 안으로 들어가게 한 일을 가리킨다. (마가복음 5장 1-13절)

그런데 어림잡아 기억을 해 보니까
지금 바로 총 삼천 다카트 전액을
모을 수는 없소이다. 하지만 상관 있소?
나와 같은 히브리인, 부유한 투발이
마련해 줄 것이오. 근데 잠깐, 몇 달이나   55
쓰실 거죠? (안토니오에게) 평안하시기를 빕니다.
지금 막 선생 얘길 하고 있었답니다.

안토니오   샤일록, 내 비록 고리를 받거나 주면서
돈을 꿔 준다거나 빌리지는 않지만
친구가 당면한 부족함을 채우기 위하여   60
관습을 깨겠소. (바사니오에게) 얼마가 필요한지
알려 주긴 했는가?

유대인   예 예, 삼천 다카트요.

안토니오   그리고 석 달 동안.

유대인   잊었네요, 석 달이라,
        (바사니오에게) 그렇게 말했지요.

(안토니오에게)

그렇다면 계약을. 어디 보자 — 하지만 당신은   65
이문을 남기려고 꿔 주거나 빌리지는
않는다고 하셨지요?

안토니오   절대로 안 그러오.

유대인   야곱이 외삼촌 라반의 양을 치고 있었을 때
이 야곱은 아브라함 성자의 자손인데,
현명한 그분의 모친께서 일을 꾸며   70
세 번째로 상속권을 가졌지요. 암, 세 번째지.

안토니오   그래서 어쨌단 말이오, 이자를 받았소?

유대인   아니, 이자는 아니고 이를테면 이자를
직접 받진 않았죠. 야곱의 행동을 잘 보십쇼.

	야곱은 라반과 얼룩빼기 새끼들은	75
	모조리 자신의 품삯으로 받는다고	
	타협을 보고 나서, 암양들이 가을 끝에	
	발정 난 몸을 돌려 숫양들을 맞이할 때	
	그리고 털북숭이 짐승들 사이에서	
	생식의 작업이 진행되고 있을 때	80
	이 재주꾼 목동은 껍질 벗긴 생가지를	
	씨 붙이는 그 일이 벌어지는 동안에	
	색 밝히는 암양들 앞에다 꽂았는데	
	암컷들은 임신했고 출산 때는 진짜로	
	얼룩빼길 낳았고 그것은 야곱의 몫이었소.	85
	이렇게 번성했고 축복도 받았지요.	
	소득은 훔치지만 않으면 축복이랍니다.	
안토니오	그래서 야곱은 종살이 모험을 했지만	
	그 일의 결과는 자신의 힘이 아닌	
	하늘의 손에 의해 좌우되고 빚어졌소.	90
	이자 두둔하려고 이걸 끼워 넣었소,	
	아니면 당신의 금과 은이 암양과 숫양이오?	
유대인	그건 모르겠지만 새끼는 빨리 치게 합니다.	
	하지만 이보시오.	
안토니오	(방백) 주목하게 바사니오,	
	악마도 성경을 제 목적에 쓸 수 있네.	95
	사악한 영혼이 성스러운 증거를 대는 건	
	웃는 얼굴 보이는 악한과 같은 건데	
	보기 좋은 사과가 속은 썩은 셈이지.	

75행 야곱

이삭의 아들로 에서와 쌍둥이 형제. 이스라엘 12족의 조상이 된 열두 아들의 아버지. 그의 외삼촌 라반과 얼룩빼기 양 얘기는 창세기 30장 28절에서 시작된다.

오, 허위의 겉모습은 얼마나 훌륭한가!

유대인 일금 삼천 다카트라, 꽤 상당한 액수지요.　　　100
　　　　열둘의 석 달이라, 그러면 이자율을 봅시다.

안토니오 자, 샤일록, 우리가 신세 좀 져 볼까요?

유대인 안토니오 씨, 여러 차례 그리고 여러 번
　　　　당신께선 내 돈과 고리에 대하여
　　　　리알토 안에서 날 꾸짖었지요.　　　105
　　　　그래도 난 그걸 묵묵히 떨치며 참았어요,
　　　　고난은 우리 종족 모두의 징표니까.
　　　　당신은 날 오신자(誤信者), 무자비한 개라 하고
　　　　내 유대인 저고리에 가래침을 뱉었는데
　　　　그 모두가 내 것을 사용하는 대가였죠.　　　110
　　　　근데 이젠 내 도움이 필요한 모양이오.
　　　　아, 그래서 당신은 내게 와서 말하기를
　　　　'샤일록, 돈이 좀 필요하오.' 이렇게 말합니다.
　　　　자기 침을 내 수염에 쏟아 놨던 당신께서
　　　　이 몸을 낯선 개 내차듯이 문지방 너머로　　　115
　　　　발길질한 당신께서 돈을 간청합니다.
　　　　뭐라고 답할까요? 이런 말은 안 될까요?
　　　　'개가 돈이 있나요? 개가 삼천 다카트를
　　　　꿔 주는 게 가능하단 말입니까?' 아니면
　　　　몸을 낮게 구부리고 노예 같은 어조로　　　120
　　　　숨소리를 죽이고 겸손하게 속삭이며
　　　　이렇게 말할까요?
　　　　'선생께선 지난번 수요일 제게 침을 뱉었고
　　　　어느 날은 저를 발로 찼으며 또 한 번은
　　　　개라고 부르셨죠. 그러한 예우의 대가로　　　125
　　　　이만큼 돈을 빌려 드립니다.'라고요?

안토니오   난 너를 다시 한번 그렇게 부르겠다.

다시 한번 침을 뱉고 차기도 하겠다.

이 돈을 빌려줄 거라면 친구에게 빌려주듯

하진 마라, 왜냐하면 친구가 그 언제 친구에게   130

불모의 쇠를 주고 새끼 쳐서 받았더냐?

그보다는 차라리 적인 듯이 빌려줘라,

그가 만약 어기면 더 편한 얼굴로 벌금을

강제할 수 있을 테니.

유대인   아니, 호통을 치시다니.

난 당신과 친구 되고 사랑을 얻고 싶고   135

내게 입힌 당신의 치욕을 잊고 싶고

당장의 요구를 들어주며 내 돈의 이자를

한 푼도 안 받겠다는데, 말을 안 들으시네.

친절한 제안인데.

바사니오   친절할 뻔했소.

유대인   이렇게 친절을 보이겠소.   140

나와 함께 공증소로 갑시다. 거기에서

무담보 계약에 서명하고 유쾌한 장난 삼아

만약에 나에게 아무 날 아무 데서

조건에 명시된 일정한 금액 또는 총액을

되갚지 못할 경우, 그에 대한 벌칙으로   145

당신의 고운 살 정량 일 파운드를

당신 몸 어디든지 내가 좋은 곳에서

잘라 낸 뒤 가진다고 명기해 놓읍시다.

안토니오   참으로 만족하고 그 계약에 서명한 뒤

유대인은 대단히 친절하다, 말하겠소.   150

바사니오   나를 위해 그 따위 계약엔 서명 못 해,

난 차라리 곤궁한 상태로 남으려네.

안토니오   이보게 걱정 말게, 위약하지 않을 거야.

　　　　　　난 앞으로 두 달 안에, 이 계약이 만료되기

　　　　　　한 달이나 앞서서 이번 계약 금액의　　　　　　　　155

　　　　　　세 배의 세 배를 회수할 거라고 예상하네.

　유대인   오, 아브람 아버지, 이런 기독교인들이 있나요,

　　　　　　자기들의 가혹한 거래로 남에 대한

　　　　　　의심만 배웠어요. (바사니오에게) 어디 한번 말해 봐요.

　　　　　　만약 그가 날짜를 못 지켰을 경우에　　　　　　　　160

　　　　　　몰수물을 강요해서 내가 뭘 얻는데요?

　　　　　　사람에서 떼어 낸 사람 고기 일 파운드,

　　　　　　그것은 양고기나 소고기, 염소 고기만큼도

　　　　　　값지거나 이득 될 것 없소이다. 보시오,

　　　　　　그의 호의 얻으려고 이 우정을 보입니다.　　　　　165

　　　　　　그가 받아들이면 그러고, 아니면 잘 가시오.

　　　　　　그리고 아무쪼록 나를 학대 마시오.

안토니오   좋소이다, 샤일록, 이 계약을 맺겠소.

　유대인   그렇다면 공증인의 집에서 만납시다.

　　　　　　그에게 이 유쾌한 계약서를 쓰게 하면　　　　　　170

　　　　　　난 가서 곧바로 다카트를 챙겨 넣고

　　　　　　절약을 모르는 놈에게 염려하며 맡겨 놓은

　　　　　　내 집 안을 살펴본 다음에 당신들과

　　　　　　곧 합류할 것이오.　　　　　　　　　　(퇴장)

안토니오   　　　　　　　서두르게, 유대 양반.

　　　　　　이 히브리 인간이 기독교인 되겠어, 친절하네.　　175

바사니오   호조건에 악한 마음, 난 그게 싫다네.

안토니오   이보게, 이 일은 불안할 것 하나 없네.

　　　　　　계약 날짜 한 달 앞서 배가 돌아온다네. (함께 퇴장)

2막 1장

흰옷 일색인 황갈색 피부의 모로코 왕자 및
그와 같은 행색의 시종 서너 명과, 포셔와 네리사가
그네들의 수행원들과 함께 등장.

모로코 이 피부색 때문에 날 싫어하지는 마시오.
　　　　빛나는 태양과 이웃한 친척으로 자라나
　　　　이 검은 제복을 입게 되었답니다.
　　　　태양신의 불길이 고드름도 못 녹이는
　　　　북쪽 출신 가운데 희디흰 사람을 데려와　　　　　　　5
　　　　누구 피가 더 붉은지, 그인지 나인지
　　　　당신 사랑 위하여 한번 흘려 보자고요.
　　　　숙녀께 말씀인데 여기 이 얼굴에
　　　　용맹한 자들도 겁먹었고, 내 사랑에 맹세코
　　　　최고로 인정받는 우리 나라 처녀들도　　　　　　　　10
　　　　여기에 반했다오. 이 색깔을 바꾸진 않겠소,
　　　　내 여왕인 당신 생각 훔친다면 모를까.
　포셔　선택과 관련하여 저를 인도하는 건
　　　　처녀의 꼼꼼한 눈길만은 아니에요.
　　　　더군다나 제 운명을 결정하는 추첨에는　　　　　　　15
　　　　자발적인 선택권이 배제되어 있답니다.
　　　　아버지가 본인의 뜻대로 저를 속박하시고
　　　　말씀드린 방법으로 저를 얻는 사람의
　　　　아내가 되도록 만들지만 않았다면
　　　　고명하신 왕자님도 제가 여태 보아 온　　　　　　　　20

2막 1장 장소
벨몬트. 포셔의 저택.

29

	그 어느 손님과 꼭 같이 제 애정을 충분히	
	차지할 수 있으셔요.	
모로코	그거 정말 고맙소.	
	그러니 궤 있는 곳으로 날 인도하시오.	
	운을 시험해 보겠소. 페르시아 국왕과	

그 어느 손님과 꼭 같이 제 애정을 충분히
차지할 수 있으셔요.

모로코   그거 정말 고맙소.
그러니 궤 있는 곳으로 날 인도하시오.
운을 시험해 보겠소. 페르시아 국왕과   25
솔리만 술탄과의 전투에서 세 번 이긴
페르시아 왕자를 벤 이 신월도에 맹세코,
난 당신을 얻기 위해 가장 험한 눈이라도
째려 누를 것이며 가장 간 큰 사람을
능가할 것이고, 어미의 품에서 젖 빠는
곰 새끼를 떼어 내며, 예, 먹이 놓고 포효하는   30
사자라도 조롱할 것이오. 근데 아, 원통하다!
헤라클레스와 리카스가 누가 더 남자인지
주사위로 가린다면 약자의 손에서
우연히 큰 숫자가 나올 수도 있으니까.
그래서 헤라클레스는 시종에게 질 테고   35
나 또한 눈먼 여신, 운명에 이끌려
나보다 못한 자도 얻을 수 있는 걸 놓치고
슬퍼하며 죽을 거요.

포셔   운에 맡길 수밖에요.
그러니 선택할 엄두를 아예 내지 마시든지
아니면 선택에 앞서서 틀렸을 경우에는   40
숙녀에게 결혼 말은 절대 않겠노라고
맹세해야 합니다. 그러니 숙고해 보세요.

모로코 말 않겠소. 자, 나를 운에 맡기게 해 주시오.

25행 솔리만 술탄
오스만 튀르키예 제국의 황제 술레이만 1세(1496?~1566). 술탄은 이슬람교국의 군주를
칭하는 말이다.

포서	신전으로 먼저 가죠, 저녁 식사 끝낸 뒤에
	위험 감수하실 테니.
모로코	그렇다면 행운이여, 45
	최고 축복 아니면 최악 저주 내리소서. (함께 퇴장)

2막 2장

광대 란슬럿 지오베 홀로 등장.

광대   내 양심은 틀림없이 내가 이 유대인 주인에게서 도
망치게 해 줄 거야. 근데 악마가 바로 곁에서 날 유
혹하며 '지오베, 란슬럿 지오베, 착한 지오베' 또는
'착한 지오베' 또는 '착한 란슬럿 지오베, 네 다리를
써, 출발해, 도망쳐.'라고 하네. 내 양심은 '안 돼. 조 5
심해, 정직한 란슬럿, 조심해 정직한 지오베.' 또는
앞서 말했듯이 '정직한 란슬럿 지오베, 도망치지 마,
도망치려는 생각은 깔보면서 밟아 버려.'라고 하고.
글쎄, 최고로 용감한 악마가 내게 짐 싸라고 말하
네. 이 악마는 '가라.' 하고 '떠나라.'고 해. '하늘에 10
맹세코 용기를 내.'라고 하고 '그런 다음 도망쳐.'라
고 해. 근데 내 양심은 내 마음의 목에 착 달라붙으
며 아주 조심스럽게 말하기를 '정직한 내 친구 란슬
럿,' 난 정직한 남자의 아들, 아니 오히려 정직한 여
자의 아들이니까. 아버지는 정말이지 색을 좀 쓰셨 15
어, 냄새가 좀 나거든 ─ 거시기 맛을 보셨어. ─ 아

32행 리카스
헤라클레스의 시종.

2막 2장 장소
베니스의 길거리.

무튼 내 양심은 '란슬럿, 꼼짝 마.'라고 해. 악마는
'꼼짝해.'라고 하고 내 양심은 '꼼짝 마.'라고 해. 난
양심에게 '너 충고 한번 잘한다.'라고 하고 악마에
게도 '너 충고 한번 잘한다.'라고 해. 내 양심의 명을 20
따르자면 난 유대인 주인과 함께 살아야 하는데, 이
주인이란 사람이 (하느님 맙소사) 마왕 같아. 그리
고 유대인에게서 도망치려면 악마의 명을 따라야 하
는데, 이 악마가 죄송합니다만 마왕 그 자신이야. 유
대인은 바로 이 화신의 마왕임에 틀림없어. 그리고 25
내 양심에 비춰 볼 때 나더러 유대인과 같이 살라는
조언을 하다니, 내 양심이란 건 그저 모진 양심일 뿐
이야. 악마가 좀 더 친절한 조언을 하는구먼. 악마
야, 난 도망칠 거야, 내 발은 네 명령에 따라 움직일
거고 난 도망칠 거야.   30

(바구니를 든 지오베 노인 등장.)

지오베   이보시오 젊은이, 부탁 좀 하겠는데 유대인 어른 집
          가는 길이 어느 거지요?

광대   (방백) 오, 이런! 이건 진짜배기 아버지야, 까맣다
          못해 새까만 장님이라 날 못 알아보시는군. 혼란을
          일으켜 봐야지.   35

지오베   이보시오 젊은 양반, 부탁 좀 하겠는데 유대인 어른
          집 가는 길이 어느 거지요?

광대   다음 모퉁이에서 오른쪽으로 도십시오. 하지만 무
          엇보다도 그다음 모퉁이에서는 왼쪽으로, 아 참, 바
          로 그다음 모퉁이에서는 어느 쪽으로도 돌지 말고   40
          아래쪽으로 돌아서 유대인 집으로 빙 둘러 가십시오.

25행 화신의 마왕
마왕의 화신.

지오베	아이고 골치야, 찾아내기 어려운 길이구먼. 그와 함께 사는 란슬럿이라는 사람이 그와 함께 사는지 안 사는지 말해 줄 수 있겠소?
광대	젊은 란슬럿 도련님 얘기 하시는 겁니까? (방백) 잘 보십시오, 이제 눈물을 쏟게 만들 테니. ─ 젊은 란슬럿 도련님 얘기 하시는 겁니까?
지오베	도련님은 아니고 그냥 가난한 사람의 아들이오. 걔 아비는 우스운 말이지만 정말 찢어지게 가난한 사람인데, 하느님도 고마우셔라, 잘 삽니다.
광대	글쎄요, 그 아비가 어떤 사람이든 우리는 젊은 란슬럿 도련님 얘기를 하고 있답니다.
지오베	어르신의 친구인 란슬럿 말씀이죠.
광대	그렇지만 부디 당신, 고로 노인께선, 고로 간청컨대, 젊은 란슬럿 도련님 얘기를 하십니다.
지오베	그냥 란슬럿이지요, 선생님 마음에 드신다면.
광대	고로 란슬럿 도련님 말씀이죠. 란슬럿 도련님 얘기 마십시오, 아버지. 왜냐하면 그 젊은 양반은 운명과 숙명과 그 비슷한 묘한 얘기와, 세 자매와 그 비슷한 학문 분야에 따라 진짜로 고인이 되셨는데, 쉬운 용어로 말하자면 하늘나라로 가셨으니까요.
지오베	허, 하느님 맙소사, 걔는 이 늙은이 말년의 지팡이나 마찬가지, 막대기나 마찬가지였는데.
광대	(방백) 제가 몽둥이나 말뚝, 지팡이나 막대기로 보입니까? (지오베에게) 아버지, 저를 알아보시겠어요?
지오베	아이고, 못 알아봅니다, 젊은 양반! 하지만 이건 꼭 좀 얘기해 주시오. 우리 애가 ─ 하늘에서 편히 쉬고 ─ 죽었어요, 살았어요?
광대	아버지, 저를 못 알아보시겠어요?

| 지오베 | 아이고 난 깜깜 장님입니다, 못 알아보지요. | 70 |

광대 예, 정말이지 눈이 있다 해도 알아보지 못할 수도 있
지요. 아버지가 현명해야 자기 자식을 알아보니까.
자, 노인, 당신 아들 소식을 말씀드리겠습니다. (꿇으
며) 절 축복해 주십시오. 진실은 밝혀질 것이고 살
인은 오래 감출 수 없으며 사람의 아들은 감출 수   75
있어도 진실은 결국 밝혀진답니다.

지오베 제발 일어나시오. 당신은 우리 아이 란슬럿이 아닌
게 분명합니다.

광대 제발 우리 더 이상 바보짓은 그만두고 저를 축복해
주십시오. 제가 옛날의 당신 아이 란슬럿이고 지금   80
의 당신 아들이며 미래의 당신 자식이랍니다.

지오베 당신이 내 아들이라고 생각할 수 없는데요.

광대 제가 그 말을 어떻게 생각해야 할진 모르겠습니다
만 제가 유대인의 하인 란슬럿이고 당신 아내 마저
리가 제 어머니인 건 분명합니다.   85

지오베 그 여자 이름, 진짜로 마저린데. 맹세컨대 네가 만약
란슬럿이라면 넌 바로 내 살, 내 피다. 하느님도 고
마우셔라, 이렇게 수염이 많이 났어! 네 턱에 난 털
이 수레 끄는 말, 도빈의 꼬리에 난 것보다 많구나.

광대 그렇다면 도빈의 꼬리는 거꾸로 자라는 것 같네요.   90
제가 그놈을 마지막으로 봤을 땐 꼬리털이 제 얼굴
털보다 많았던 게 분명한데.   (일어난다.)

지오베 원 참, 너 정말 많이 변했구나! 네 주인님과는
어떻게 지내느냐? 그에게 선물을 가져왔다. 요즘 둘
사이는 어떠냐?   95

광대 글쎄요, 글쎄. 하지만 전 달아나는 데 몽땅 걸었으니
까 꽤 멀리 달아나기 전까진 걷지 않을 겁니다. 제

주인은 진짜배기 유대인이랍니다. 선물을 줘요? 목
맬 밧줄이나 주시죠. 그를 섬기다가 굶어 죽게 생겼
어요. 제 갈비를 세 보면 손가락 숫자가 다 있을 겁   100
니다. 아버지, 오셔서 기쁩니다. 그 선물을 바사니오
어른에게 드리세요, 그분은 참말이지 기막힌 새 제
복을 준답니다. 그분을 섬기지 못한다면 전 땅끝까
지 달아날 겁니다. 오, 기막힌 행운이다, 저기 그 분
이 오시네. 아버지, 저분에게 가요, 제가 유대인을   105
더 오래 섬기다가는 유대인이 될 테니까요.

(바사니오, 레오나르도와 종자 한두 명을 데리고 등장.)

바사니오   그렇게 해도 좋아, 하지만 일을 서두르고 늦어도
         5시까지는 저녁 준비를 해 놓도록. 이 편지가 전달
         되도록 조처하고 제복을 짓도록 해. 그리고 그라티
         아노에게 곧 내 숙소로 와 줬으면 한다고 전하고.   110

(종자 한 명 퇴장)

광대   아버지, 저분에게.
지오베   나리, 복 많이 받으십쇼!
바사니오   고맙소. 내게 무슨 볼일이라도?
지오베   여기 제 아들이, 불쌍한 애지요.
광대   불쌍한 애가 아니라 나리, 부자 유대인의 하인인데,   115
         아버지가 밝히시겠지만 —
지오베   얘가 말하자면 큰 원소를 품고서 심기고 싶어 합니다.
광대   사실은 긴 말은 다 자르고 제가 유대인을 섬기는데
         소원이 하나 있습니다, 아버지가 밝히시겠지만 —
지오베   얘 주인님과 얘가 나리께는 미안합니다만, 십 촌 사   120

90행 거꾸로
바로 앞에서 아버지가 자기 뒷머리를 만지며 그것을 그의 수염으로 착각한 사실을 빗대어
하는 말. (리버사이드)

이만도 못하게 지낸답니다.

광대 간단히 말씀드리면, 사실인즉슨 유대인이 제게 잘
못한 다음 저로 하여금 아버지가 — 바라건대 노인
이시니까 — 명증하시겠지만 —

지오베 제가 여기 나리께 디리고 싶은 비둘기 요리를   125
가져왔는데, 제 청은 —

광대 아주 짧게, 그 청은 저 자신과 무관한 겁니다. 나리
께서 이 정직한 노인 그리고 — 제가 그렇다고 말씀
드리는데, 비록 노인이지만 가난한 사람인 — 제 아
버지를 통하여 아시겠지만.   130

바사니오 둘 대신 하나가 말하게. 무엇을 원하는가?

광대 나리를 섬기고 싶습니다.

지오베 바로 그게 이번 일의 오점입니다, 나리.

바사니오 난 너를 잘 안다, 청을 받아들이지.
네 주인 샤일록이 오늘 나와 얘기 중에   135
너를 내게 천거했어. 유대인 부자를 버리고
나처럼 가난한 신사의 하인이 되는 게
좋아진단 의미에서 천거라면 말이다.

광대 '은총으로 족하다.'라는 옛 격언을 나리와 제 주인
샤일록 두 분에게 나누면 딱 맞네요. 나리께선 은총   140
을 받으셨고 제 주인 샤일록은 족히 가졌으니까요.

바사니오 잘 풀이했구나. 아버진 아들과 같이 가요.
너는 네 옛 주인과 작별하고 내 숙소를
물어서 찾아내라. — (종자에게) 저 친구 제복은

117행 원소 ... 심기고   125행 디리고
소원, 섬기고.   드리고.
124행 명증하시겠지만   127행 무관한
증명하시겠지만.   유관한.

	동료들 것보다 치장을 더하도록 조처해. (종자 퇴장) 145
광대	아버지, 들어가요. 난 일자리를 못 구해, 암! 혀를 굴려 본 적이 있어야지. 글쎄 (자기 손바닥을 보며) 이보다 더 좋은 손바닥을 성경책 위에 얹고 맹세할 사람이 이탈리아에 있다 해도 난 운이 좋을 거야. 허 참, 여기 이 명줄은 간단하군, 여기엔 마누라가 150 아주 쪼끔 있고. 아, 마누라 열댓 명은 아무것도 아냐, 한 남자에게 과부 열하나와 처녀 아홉쯤은 별것 아닌 수입이지. 그런 다음 세 번 빠져 죽을 뻔하고, 깃털 침대 모서리 때문에 내 생명이 위험해질 거란 말이지, 이건 그저 도망 몇 번 치는 거고. 글쎄, 운명 155 의 신이 여자라면 이런 일에 꼭 맞는 아가씨야. 아버지, 가요, 전 눈 깜박할 사이에 유대인과 작별할 겁니다. (광대와 지오베 함께 퇴장)
바사니오	(레오나르도에게 구입 목록을 주면서) 레오나르도, 이 일에 신경 좀 써 주게. 이것들을 산 다음 순서대로 실어 놓고 160 급히 돌아오게나, 나는 내 최고 친구들에게 오늘 밤 향연을 베푸니까. 서두르게.
레오나르도	이 일에 최선의 노력을 다하겠습니다.
	(그라티아노 등장.)
그라티아노	네 주인님 어디 계셔?
레오나르도	저기 걷고 계십니다.　　(퇴장) 165
그라티아노	바사니오 형!
바사니오	그라티아노!

133행 오점
요점.

146~147행 난 ... 있어야지
란슬럿이 계속해서 쓰는 반어법 가운데
하나.

그라티아노	청이 하나 있습니다.
바사니오	이미 받아들였네.
그라티아노	거절은 안 됩니다, 벨몬트로 함께 가야겠어요. 170
바사니오	그럼 할 수 없겠지. 하지만 그라티아노,
	자네는 너무나 거칠고 무례하며 막말해.
	그런 면이 자네에게 충분히 잘 어울리고
	우리 같은 눈에는 결점이 아니지만
	낯선 곳에 가게 되면, 그렇지, 그런 것이 175
	좀 심한 방종으로 보인다네. 날뛰는 기운을
	신경을 좀 써서 냉정하고 겸손하게
	가라앉혀 보라고, 자네의 거친 행동 때문에
	내가 가는 곳에서 오해를 사게 되어
	내 희망이 깨지지 않도록.
그라티아노	바사니오 형, 180
	제가 만일 엄숙한 몸가짐을 보이면서
	공손하게 얘기하고 가끔씩만 악담하며
	주머니에 기도서를 찌르고 얌전한 체하며
	더 나아가 기도 중엔 모자로 이렇게 눈 가리고
	한숨 쉬며 아멘 하고 할머니가 기뻐하실 185
	진지한 모습을 연구한 사람처럼
	세상 모든 예절을 준수하지 않는다면
	앞으로는 절대로 저를 믿지 마십시오.
바사니오	글쎄, 자네의 몸가짐을 두고 보지.
그라티아노	오늘 밤은 빼고요. 오늘 밤 하는 일로 190
	저를 평가 마십시오.
바사니오	암, 그러면 애석하지.

154~155행 **깃털 침대 ... 말이지**
연애 행각 때문에 생길 수 있는 위험 가운데 하나.

환락이 목적인 친구들이 있으니까.

난 오히려 자네가 최고로 과감한

즐거움의 의복을 걸칠 것을 간청하네.

하지만 잘 가게, 난 볼일이 좀 있다네.   195

그라티아노　전 로렌초 패에게 가 봐야 합니다만

저녁때는 형님에게 같이 오겠습니다.　　（함께 퇴장）

2막 3장

제시카와 광대 란슬럿 등장.

제시카　이렇게 아버지를 떠난다니 안됐다.

우리 집은 지옥인데 유쾌한 너 악마가

지겨운 느낌을 좀 없애 주곤 했었지.

하지만 잘 가고, 이 다카트 한 닢 받아.

그리고 란슬럿, 머지않아 저녁때 넌   5

새 주인의 손님인 로렌초를 만날 거야.

이 편지를 전해 줘, 비밀히 해야 돼.

그럼 잘 가. 내가 너와 얘기하는 장면을

아버지가 보시는 건 원치 않아.

광대　안녕. 눈물 때문에 말문이 열리네요, 최고로 예쁜　10

이교도, 최고로 아름다운 유대인 아가씨! 기독교인

남자가 당신을 업어 가지 않는다면 제가 크게 잘못

아는 거겠죠. 하지만 안녕, 이 바보 눈물 때문에 사

나이 마음이 좀 죽었어요. 안녕!　　（퇴장）

2막 3장 장소
베니스. 샤일록의 집.

10행 열리네요
막히네요.

제시카　　잘 가라, 란슬럿.　　　　　　　　　　　　　　　　15

　　　　　아, 아버지의 자식임을 부끄러워하다니

　　　　　내게는 이 얼마나 가증스러운 죄인가!

　　　　　하지만 내가 비록 혈연으론 딸이지만

　　　　　성향은 물려받지 않았어. 오, 로렌초,

　　　　　당신이 약속을 지키면 이 갈등을 끝내고　　　　20

　　　　　기독교인, 당신 아내, 둘 다 될 거예요.　　　　(퇴장)

2막 4장

　　　그라티아노, 로렌초, 살라리노, 솔라니오 등장.

로렌초　　아뇨, 우리는 저녁 먹는 동안에 빠져나와

　　　　　제 하숙방에서 변장하고 되돌아올 겁니다,

　　　　　다 합쳐서 한 시간 안으로.

그라티아노　우리는 준비를 충분히 못 했어.

살라리노　아직까지 횃불잡이 얘기도 못 했는데.　　　　5

솔라니오　매끄럽게 처리할 수 없다면 천박해.

　　　　　내 생각에 이 일은 안 하는 게 낫겠어.

로렌초　　이제 겨우 네 시이고, 비품을 갖추는 데

　　　　　두 시간은 남았어요.

　　　　　(광대 란슬럿 편지를 들고 등장.)

　　　　　　　　　　　이 친구 란슬럿,

　　　　　거 무슨 소식이야?　　　　　　　　　　　　10

광대　　　이걸 뜯어 보시면 (로렌초에게 편지를 주면서) 무언가

2막 4장 장소
베니스의 길거리.

	의미가 있을 것처럼 보입니다만.	
로렌초	필체를 알고 있지, 정말 고운 필체야.	
	그리고 글씨 쓴 종이보다 더욱 흰 건	
	글씨 쓴 그 고운 손이란다.	
그라티아노	사랑 소식이로군.	15
광대	전 이만 물러나겠습니다.	
로렌초	어디로 가는데?	
광대	예, 옛 주인 유대인에게 새 주인 기독교인과 오늘	
	밤에 식사가 있을 거란 말씀을 전하려고요.	
로렌초	잠깐만. 이걸 받아.	
	(돈을 준다.) 제시카 아가씨께	20
	꼭 간다고 말해 줘, 은밀히 말이야. (광대 퇴장)	
	자, 가시죠,	
	오늘 밤 가면극을 준비해야 되잖아요?	
	횃불 잡을 사람을 전 구해 놨답니다.	
살라리노	아 참, 나도 곧 그 일을 시작해 볼 거야.	25
솔라니오	나도 마찬가지야.	
로렌초	그라티아노 숙소에서	
	저와 그라티아노를 몇 시간 뒤 만나요.	
살라리노	그럭하면 좋겠군. (솔라니오와 함께 퇴장)	
그라티아노	그 편지, 고운 제시카한테서 온 거 아냐?	
로렌초	다 털어놓을게. 그녀는 아버지의 집에서	30
	자기를 어떻게 데려갈지 지시했고	
	자기가 챙겨 놓은 금붙이와 보석들	
	그리고 준비된 시동의 복장을 말해 줬어.	
	만약에 그 아버지 유대인이 천국에 간다면	
	비유대인 딸아이 덕분일 것이야.	35
	불행은 절대 감히 그녀 길을 못 막지만	

그렇게 할 수 있는 유일한 구실은 그녀가
믿음 없는 유대인의 자식이란 사실이지.
같이 가세, 편지는 가면서 읽어 보고.
내 횃불잡이는 이 고운 제시카가 될 거야.　40

(함께 퇴장)

2막 5장

유대인 샤일록과 그의 하인이었던
광대 란슬럿 등장.

유대인　글쎄, 샤일록 노인과 바사니오의 차이를
　　　　이제 알게 되겠지, 네 눈이 판단할 테니까.
　　　　하, 제시카! ─ 내 집에서 포식했던 것처럼
　　　　그렇게는 못 할 거다. ─ 하, 제시카! ─
　　　　잠자고 코 골고 옷을 찢진 못할 거야. ─　5
　　　　허, 제시카, 안 들려!
광대　　　　　　　　허, 제시카!
유대인　널더러 부르랬어? 시키지도 않았는데.
광대　　어른께선 제가 시키지 않으면 아무 일도 못 한다고
　　　　늘 말씀하셨어요.

(제시카 등장.)

제시카　부르신 거예요? 무슨 일로?　10
유대인　저녁을 먹으러 오란다, 제시카야.
　　　　이 열쇠를 받아라. 하지만 왜 가야지?

2막 5장 장소
베니스. 샤일록의 집 앞.

날 아껴서 부른 건 아니고 아첨이야.
하지만 미워하며 가겠다, 방탕한 기독교인
음식이나 축내려고. 제시카, 딸애야,   15
집 잘 보고 있어라. 정말로 가기 싫다.
날 못 쉬게 하려고 나쁜 일을 꾸몄어,
간밤 꿈에 돈 자루를 분명히 봤으니까.

광대   꼭 가시기 바랍니다. 제 젊은 주인님이 어른의
         비방을 기대하십니다.   20

유대인 나도 그래.

광대   그래서 그들은 모의했답니다. 가면극을 보실 거라고
         말씀드리진 않겠지만 만약에 보신다면 제 코에서 피
         가 쓸데없이 쏟아지진 않았겠죠, 지난 검은 월요일
         오전 여섯 시, 그해에는 사순절 수요일이었던 오후   25
         사 년에 말입니다.

유대인 뭐, 가면극이 있다고? 잘 들어라, 제시카.
         집 안 문을 잠그고, 북소리와 목을 꺾어
         역겹게 앵앵 부는 피리 소리 들리거든
         창틀 위로 기어 올라가거나 아니면   30
         사람 많은 길거리로 머리를 쑥 내밀고
         색칠한 기독교인 바보 얼굴 보지 말고
         집의 귀를 — 창틀이란 말인데 — 모두 막고
         엄숙한 내 집으로 천박한 상소리는
         못 들게 하거라. 야곱의 지팡이에 맹세코   35

20행 비방
내방을 잘못 말한 것. 샤일록은 란슬럿의
오류를 곧이곧대로 받아들인다.
24행 검은 월요일
1360년의 부활절 다음 날인 월요일에
매서운 추위로 많은 사람들이 얼어 죽었기
때문에 이렇게 불렸다. 란슬럿은 이런

헛소리로 샤일록의 꿈에 대한 미신을
조롱한다. (리버사이드) 그러나 란슬럿의
혼란스러운 말 안에는 가면극에 대한
정보가 숨겨져 있다.
26행 사 년
원래는 '4시'.

	오늘 저녁 회식에 갈 마음은 없단다.
	하지만 갈 테다. 야, 네놈은 앞서 가서
	내가 온다, 일러라.
광대	예, 앞서 가겠습니다.

              (제시카에게 방백) 아가씨, 그럼에도 창밖을 내다봐요,

              유대인 처녀가 눈여겨볼 만한   40

              기독교인 하나가 올 테니까.   (퇴장)

유대인   하가르의 저 바보 후손이 뭐랬어, 응?

제시카   '아가씨, 안녕!'이란 말밖에는 없었어요.

유대인   저 등신이 착하긴 하다만 엄청나게 처먹고

              개선은 굼벵이며 살쾡이보다 더   45

              낮잠을 잔단다. 밥벌레와 난 같이 못 살아.

              그러니까 헤어지고 헤어진 다음에는

              빌린 돈의 낭비를 도와줄 자에게

              넘기는 거란다. 자, 들어가라, 제시카,

              어쩌면 난 곧장 돌아올지 모른다.   50

              내가 시킨 대로 해, 문을 걸어 잠가라.

              꼭 쥐면 꼭 남는 법.

              절약하는 사람에겐 변함없는 격언이지.   (퇴장)

제시카   잘 가세요, 제 운명이 꼬이지만 않는다면

              아버지와 이 딸은 서로를 잃었어요.   (퇴장) 55

2막 6장

가면극 놀이꾼 그라티아노와 살라리노 등장.

그라티아노   로렌초는 우리가 여기 이 처마 밑에

	서 있기를 바랐어요.
살라리노	올 시간이 막 지났네.
그라티아노	연인들은 언제나 시간을 앞질러 가는데 제시간을 넘기다니 놀라운 일이군요.
살라리노	오, 비너스의 비둘기는 안 깨진 서약을
	지켜 주러 갈 때보다 사랑의 새 언약을
	맺어 주러 날아갈 때 열 배나 더 빠르다네.
그라티아노	언제나 맞는 말씀. 연회석에 앉을 때의
	그 왕성한 식욕 갖고 그 누가 일어서죠?
	지겨운 걸음걸음 같은 길을 되밟는데
	처음 뛸 때 치솟았던 열기가 살아나는
	그런 말은 또 어딨죠? 이 세상 모든 것은
	얻었을 때보다 좇을 때가 더 좋은 법.
	깃발 덮인 범선이 고향 해안 떠나갈 때
	창녀 같은 바람 품에 얼싸안긴 그 모습은
	얼마나 멋들어진 막내 또는 탕아인가!
	창녀 같은 바람에게 돈 뺏기고 몸을 망쳐
	비바람에 찢긴 늑골, 걸레 조각 돛을 달고
	돌아올 땐 또 얼마나 비참한 탕아인가!

5

10

15

(로렌초 등장.)

살라리노	로렌초가 왔구먼, 이 얘긴 나중에 더.
로렌초	여러분, 제 오랜 지체를 너그럽게 봐주세요.
	기다리게 만든 건 제가 아닌 일 때문이었어요.
	아내 보쌈 놀이를 여러분이 하고플 땐
	제가 오래 기다리죠. 다가가요, 제 장인

20

42행 하가르
아브라함의 시녀로 이스마엘의 어머니.
이들 모자는 아브라함의 아내 사라에 의해
그의 집에서 쫓겨났다.

2막 6장 장소
베니스. 샤일록의 집 앞.
5행 비둘기
비너스의 마차를 끄는 새.

유대인의 집입니다. 여봐라! 게 있느냐?

(소년 복장의 제시카 위에서 등장.)

제시카 누구세요? 확신을 좀 더 하게 말해 줘요,
당신 말투 안다고 맹세는 하겠지만.

로렌초 그대 애인 로렌초야.

제시카 로렌초가 분명하고 애인임도 확실해요.
내가 누굴 그토록 사랑하죠? 로렌초 당신 말고 30
내가 당신 것인 줄 그 누가 알겠어요?

로렌초 그 증인은 하늘과 또 자기의 생각이지.

제시카 이 상자를 받으세요, 수고비가 될 거예요.
밤이라서 난 기뻐요, 당신은 못 보지만
갈아입은 옷 때문에 난 아주 창피해요. 35
하지만 사랑은 눈멀었고 연인들 스스로는
자신들이 범하는 예쁜 짓을 못 보죠.
만약 볼 수 있다면 큐피드라 할지라도
소년 된 나를 보고 얼굴 붉힐 테니까.

로렌초 내려와, 내 횃불잡이가 돼야 할 테니까. 40

제시카 아니, 불을 들고 내 수치를 봐야 해요?
수치 그 자체가 정말이지 너무너무 밝아요.
아니, 그 일은 드러내는 거잖아요, 자기,
난 감춰져야만 하는데.

로렌초   감춰졌어, 자기야,
아름다운 소년의 차림새로 말이야. 45
하지만 얼른 나와,
은밀한 이 밤은 도망을 치고 있고
바사니오 형님의 향연에선 우릴 기다리니까.

제시카 문을 걸어 잠그고 좀 더 많은 금화를
몸에 두른 다음에 곧바로 갈게요. (위에서 퇴장) 50

그라티아노	내 가면에 맹세코, 양갓집 비유대인이야.	
로렌초	벼락이 떨어져도 내 사랑은 진심이야.	
	내 판단이 맞는다면 그녀는 똑똑하고	
	내 눈이 진실된 거라면 그녀는 아름답고	
	또 본인이 입증하듯 진실된 여자니까.	55
	그러므로 똑똑하고 아름답고 진실된 그녀는	
	한결같은 내 영혼에 그 상태로 남을 거야.	

(제시카 등장.)

아, 내려왔어? 여러분, 앞으로 가시지요,
가면극 동료들이 지금 우릴 기다려요.

(그라티아노만 남고 모두 함께 퇴장)

(안토니오 등장.)

안토니오	게 누구요?	60
그라티아노	안토니오 형?	
안토니오	원 참, 그라티아노. 모두들 어디 갔어?	
	아홉 시야. 친구들 모두가 자네를 기다려.	
	오늘 밤 가면극은 없다네. 바람이 불어와	
	바사니오는 곧바로 배를 타게 될 걸세.	65
	난 자넬 찾으려고 스무 명을 내보냈어.	
그라티아노	잘됐네요. 돛 달고 떠나는 것 말고는	
	이 밤에 다른 기쁨 원하는 건 없답니다. (함께 퇴장)	

2막 7장

포서와 네리사, 모로코 왕자,

각자의 수행원들과 함께 등장.

포서 (시종에게) 저리 가서 커튼을 연 다음 왕자님께

각기 다른 궤짝을 볼 수 있게 해 드려라.

자, 선택을 하시지요.

모로코 첫 번째 금궤에는 다음 글이 적혔군요,

'선택하면 다수가 원하는 걸 얻으리라.' 5

두 번째 은궤의 약속은 다음과 같군요.

'선택하면 너 자신의 가치만큼 얻으리라.'

세 번째 둔한 납은 퉁명스레 경고하길

'선택하면 다 내놓고 위험 감수해야 한다.'

바른 선택 했다는 걸 어떻게 알지요? 10

포서 그 가운데 한 곳에 제 초상이 들었는데

그것을 택하시면 저는 당신 것이에요.

모로코 어떤 신이 제 판단을 이끄소서! 어디 보자,

적힌 글을 다시금 되짚어 살펴보자.

이 납궤가 하는 말은 무엇이지? 15

'선택하면 다 내놓고 위험 감수해야 한다.'

'내놔야 해', 뭣 때문에? 납 때문에 위험을?

위협하는 궤로군. 다 걸고 위험을 감수할 땐

상당한 이득을 바라보고 하는 건데

금빛 맘은 쓰레기 겉모습에 굴복 안 해. 20

그래서 납 때문에 뭘 내놓고 위험 감수 않겠다.

2막 7장 장소

벨몬트. 포서의 저택.

처녀 태깔 은궤가 하는 말은 무엇이지?
'선택하면 너 자신의 가치만큼 얻으리라.'
'너 자신의 가치만큼.' 게 멈춰라, 모로코여,
그리고 공평한 손으로 네 무게를 달아 봐라.   25
네 평가에 의하여 네 값을 매겨 보면
넌 충분한 가치를 지녔다. 그렇지만
충분한 것만으론 이 규수에 못 미칠 수도 있지.
그렇지만 내 가치를 못 미더워한다는 건
자신을 맥없이 낮춰 보는 것뿐이야.   30
내 가치에 맞는 만큼. 아, 그건 바로 이 규수다.
그녀는 내 출생에 의하여, 재산과 미덕과
교육의 질에 의해 내 가치에 맞는다.
하지만 뭣보다 내 사랑 때문에 꼭 맞는다.
더 이상 방황 말고 여기에서 선택할까?   35
황금에 새겨진 말, 다시 한번 읽어 보자.
'선택하면 다수가 원하는 걸 얻으리라.'
그건 바로 이 규수다, 온 세상이 원하니까.
이 성상에, 숨 쉬는 성자에게 입 맞추려
온 세상 사방에서 사람들이 몰려온다.   40
히르카니아의 사막과 넓디넓은 아랍의
광대한 광야가 이제는 아름다운 포셔를
보러 오는 왕자들로 큰길이 되었다.
오만한 머릴 들어 하늘에 침을 뱉는
저 물의 왕국도 이방인의 기를 꺾을   45
장애물은 못 되고, 고운 포셔 보려고
그들은 바다를 개울 넘듯 건너온다.

41행 히르카니아
카스피해 동남쪽에 있었던 고대 페르시아 제국의 주.

셋 가운데 한 곳에 그녀의 천녀상이 들었다.
납 속에 들었을까? 그런 천한 생각은
저주를 받으리라. 납은 너무 조잡하여   50
어두운 무덤 속 그녀의 수의도 못 담으리.
아니면 시험 거친 금보다 열 배나 값이 싼
은 속에 그녀가 갇혔다고 생각할까?
오, 죄받을 생각이다! 이런 고가 보석을
금보다 못한 곳에 박은 적은 절대 없다.   55
천사의 모습을 금에 찍은 주화가
영국에 있다지만 위에다 새겼을 뿐이다.
근데 여긴 한 천사가 황금의 침대 안에
온전히 누워 있다. 열쇠를 주시오.
이걸 선택하겠소, 그리고 성공할 수 있기를!   60

포서   받으세요, 왕자님, 제 형상이 들었으면
          저는 당신 거예요.   (그가 금궤를 연다.)

모로코   빌어먹을! 이게 뭐야?
썩어 빠진 해골인데 뻥 뚫린 눈 속에
두루마릴 넣어 놨네. 글을 읽어 봐야지.
(읽는다.) '빛난다고 다 금은 아니다,   65
          그런 말을 여러 번 들었겠지.
          나의 이 겉모습을 보려고
          많은 이가 목숨을 팔았다.
          금빛 묘엔 구더기만 들어 있어.
          담력만큼 지혜만 있었어도   70
          젊은 몸에 노인 판단 갖췄어도
          이 대답을 글로 받진 않았겠지.
          잘 가게, 자네 청혼 싸늘하네.'
정말로 싸늘하고 헛수고였구나.

그러면 열은 식고 서리여 오너라!   75

포셔 아씨, 잘 있어요. 내 가슴이 너무 아파

지루한 작별 없이 패자는 떠납니다.

(시종들과 함께 퇴장)

포셔   부드럽게 벗어났네. 자, 커튼을 닫아라.

그와 같은 혈색은 다 그렇게 택하라지. (함께 퇴장)

2막 8장

살라리노와 솔라니오 등장.

살라리노   이보게, 난 바사니오의 출항을 보았고

그라티아노도 그와 함께 떠났어.

그런데 그 배에 로렌초는 분명히 없었어.

솔라니오   유대 놈의 아우성에 일어나신 공작님은

그와 함께 바사니오의 배 수색에 나서셨어.   5

살라리노   너무 늦게 오셨지, 그 배는 출항했고.

하지만 공작님이 거기에서 알아낸 건

누군가가 로렌초와 매혹적인 제시카가

곤돌라에 같이 탄 걸 봤다는 사실이야.

게다가 안토니오는 공작님께 그들이   10

바사니오의 배에는 없었다고 보증했어.

솔라니오   유대인 개놈이 거리에서 내뱉은 격정만큼

아주 혼란스럽고 이상하며 난폭하고

게다가 다양한 건 들은 적이 없다네.

2막 8장 장소
베니스의 길거리.

51

'내 딸이! 오, 내 다카트! 오, 내 딸이!   15
기독교도와 도망쳤어! 오, 내 기독교 다카트!
정의를, 국법을, 내 다카트, 내 딸이!
봉인한 돈 자루, 봉인한 두 자루의 다카트,
두 배 값의 다카트를 내 딸이 훔쳐 갔어!
귀중품을, 보석 둘을, 진귀한 보석 둘을   20
내 딸이 훔쳐 갔어! 정의를! 딸애를 찾아라,
보석을 지녔다, 다카트도 지녔다!'

살라리노   허, 베니스의 소년들은 모두 그를 따르며
'그의 보석, 그의 딸과 다카트'를 외친다네.

솔라니오   안토니오 이 친구가 날짜를 지켜야지   25
아니면 대가를 치를 거야.

살라리노   참, 잘 상기시켰네.
내가 어제 프랑스 사람과 얘기를 하다가
그이가 말하기를 프랑스와 영국을 갈라놓는
폭이 좁은 바다에서 비싼 화물 가득 실은
우리 나라 배 한 척이 파선했다 하더군.   30
그 말 듣고 안토니오 생각을 했는데
그의 배가 아니기를 조용히 빌었어.

솔라니오   안토니오에게 말하는 게 좋겠어. 하지만
불쑥 하진 말게나, 상심할 수 있으니까.

살라리노   더 친절한 사람이 이 땅 위에 있으려고.   35
안토니오와 바사니오의 이별을 봤는데
바사니오는 좀 더 빨리 돌아온다 말했지만
대답은 이랬어. '그러지 말게나, 바사니오,
나 때문에 자네 일을 서둘러 하지 말고
시간이 아주 무르익기를 기다리게.   40
그리고 유대인이 받아 간 계약서 말인데

사랑하는 자네 맘에 끼어들지 않게 하게.

명랑하게 행동하고 가장 주된 생각을

구애와 거기서 자네에게 적절히 어울리는

아름다운 사랑의 과시에만 기울이게.'   45

그리고 그제야 눈물이 그득한 채

얼굴을 돌리고 그의 등을 감싸 안고

놀랍도록 뚜렷한 애정을 보이면서

바사니오의 손을 꼭 잡은 다음 헤어졌어.

솔라니오   친구 땜에 이 세상을 사랑할 뿐인가 봐.   50

우리 가서 이 사람을 찾아낸 다음에

침울한 그 마음에 이런저런 기쁨으로

활기를 넣어 주세.

살라리노   그렇게 해 보세.   (함께 퇴장)

2막 9장

네리사와 하인 한 명 등장.

네리사   얼른 얼른 서둘러, 커튼을 바로 열어.

아라곤 왕자께서 맹세를 하셨고

곧바로 선별을 하려고 오실 거다.

(아라곤 왕자와 그의 시종 및 포셔 등장.)

포셔   왕자님 보셔요, 저게 궤들입니다.

제가 담긴 궤짝을 당신께서 선택하면   5

그 즉시 우리의 혼례식이 거행될 테지요.

2막 9장 장소
벨몬트. 포셔의 저택.

53

하지만 실패하면 아무 말도 하지 말고
당장에 여기를 떠나셔야 합니다.

아라공　난 맹세코 세 가지를 지켜야 합니다.
첫째, 그 누구에게도 어느 궤를 택했는지　　　　　　10
절대로 안 밝힐 것. 그다음, 옳은 궤를
찾는 데 실패하면 살아서는 절대로
혼인을 목적으로 처녀에게 구애 말 것.
끝으로
운 나쁘게 선택에 정말로 실패하면　　　　　　　　15
그 즉시 당신과 작별하고 떠날 것.

포서　　가치 없는 저를 위해 위험을 무릅쓰는 모두가
그 같은 금지령을 지킬 것을 맹세하죠.

아라공　나도 그럴 채비했소. 자, 내 마음의 소원에
행운이 있기를! 금과 은과 저급한 납이라.　　　　20
'선택하면 다 내놓고 위험 감수해야 한다.'
더 곱게 보여야 내놓거나 감수하지.
이 황금 궤짝은 뭐라 하지? 하, 어디 보자,
'선택하면 다수가 원하는 걸 얻으리라.'
다수가 원하는 것! 그 다수란 의미는　　　　　　25
겉만 보고 선택하며 내면을 뚫지 못해
바보 눈이 알려 주는 것밖에 못 배우고
그래서 제비처럼 비바람에 노출되어
사고 나게 돼 있는 바깥벽에 집을 짓는
얼간이 대중을 뜻할지도 모른다.　　　　　　　　30
난 다수가 원하는 걸 선택하진 않으리라,
왜냐하면 저급한 인간들과 한패 되어
야만적인 군중의 대열에 끼진 않을 테니까.
그렇다면 그대여, 은으로 된 보고여,

베니스의 상인

그대의 글귀를 다시 한번 말해 봐라,   35
'선택하면 너 자신의 가치만큼 얻으리라.'
말 한번 잘했다. 왜냐하면 그 누가
진가 확인 도장 없이 운명 여신 속이고
고귀해지려 한단 말인가? 아무도
자격 없는 존귀함을 걸칠 생각 말아야지.   40
오, 지위와 계급과 그리고 관직을
부패 없이 얻으며 깨끗한 영예를
진가 있는 사람들이 획득하게 되었으면!
그러면 아래 있는 윗사람은 얼마나 많을까?
명령을 하지만 받을 사람 얼마나 많을까?   45
진골의 씨앗에서 골라낼 비천한 농노는
얼마나 많으며, 세월의 쓰레기 더미에서
새롭게 찾아내어 광을 내 줄 영예 또한
얼마나 많을까? 자, 선택한 걸 다시 보자.
'선택하면 너 자신의 가치만큼 얻으리라.'   50
난 가치를 취하겠다. 열쇠를 주시오,
여기 있는 내 행운을 곧장 열어 보리다. (은궤를 연다.)
포서   찾은 것에 맞지 않게 너무 오래 멈추셔요.
아라공 이게 뭐야? 백치가 두 눈을 껌벅이며
쪽지를 전해 주는 그림이다! 읽어 보자.   55
네 모습은 포서와 얼마나 다른가!
내 희망과 자격과 얼마나 다른가!
'선택하면 너 자신의 가치만큼 얻으리라!'
내 가치가 바보만도 못하단 말인가?
이게 내 상금이야? 내 장점이 이 정도야?   60
포서   잘못과 평가는 별개이며 그 본질은
서로 어긋난답니다.

아라공	뭐라고 적혀 있지?
	(읽는다.) '일곱 번 불에 달군 말인데,
	일곱 번 시련 거친 판단만이
	선택할 때 절대 실수 않는 법. 65
	그림자에 입 맞추는 자들은
	행복의 그림자만 누리는 법.
	바보들은 살아 있어, 아무렴,
	그 머리는 이것처럼 은색이지.
	어떤 아내 얻어서 같이 자든 70
	내가 항상 가장이 되어 주지.
	그럼 가 봐, 볼 장 다 봤으니까.'
	내가 여기 머물면 머물수록
	더욱더 바보로 보일 테지.
	바보 머리 하나 달고 구애한 뒤 75
	둘 달고 떠나게 되었구나.
	잘 있어요. 난 맹세를 지킬 거고
	침착하게 이 불운을 견딜 거요. (시종들과 함께 퇴장)
포셔	나방은 이렇게 촛불에 타 죽었구나.
	오 이런 신중한 바보들, 선택을 한 다음 80
	질 줄 아는 지혜는 머릿속에 들었네.
네리사	저승길과 혼인길은 팔자소관이라는
	오래된 속담이 틀린 말은 아니네요.
포셔	자, 커튼을 다시 쳐라, 네리사.
	(사자 등장.)
사자	아씬 어디 계셔요?
포셔	여기야, 어인 일로? 85
사자	아씨, 한 베니스 청년이 아씨의 문간에서
	말에서 내렸는데 주인 앞서 미리 와

베니스의 상인

그분이 온다는 걸 알리려 한답니다.

그리고 (찬사와 공손한 말씀에 더하여)

그분이 보내온 실체 있는 인사말　　　　　　　　　90

즉, 값비싼 선물을 가져왔죠. 하지만 전

이렇게 유망한 사랑의 사절은 못 봤어요.

사월의 하루가 제아무리 감미롭게

다가오는 여름날의 풍성함을 예고해도

주인 앞서 박차 가한 이 사람만 못합니다.　　　　95

포서　　제발 이제 그만해라. 그렇게 현란한 재주로

그를 칭찬하다니 난 네가 곧바로

그를 네 친척이라 할까 봐 걱정된다.

어서 가자 네리사, 예절 갖춰 다가온

발 빠른 큐피드의 전령을 보고 싶어.　　　　　　100

네리사　　사랑의 신이시여, 바사니오 보내소서.　　(함께 퇴장)

3막 1장

솔라니오와 살라리노 등장.

솔라니오　　근데, 리알토 소식은 뭐야?

살라리노　　그야, 거기에서 아직도 안 죽고 살아 있는 건데, 비
　　　　　　싼 화물 실은 안토니오의 배 한 척이 좁은 바다에서
　　　　　　난파했다지 뭐야. 그곳을 '친구 사주'라고 하는 것

3막 1장 장소
베니스의 길거리.

4행 친구 사주
영국의 템스강 어귀에서 좀 떨어진 곳에
있는 모래톱의 이름(Goodwin)인데, 그
뜻은 앵글로색슨 말로 '좋은 친구'라고
한다. (아든)

같아, 아주 위험한 모래톱이고 치명적인데 수많은 5
큰 배들의 잔해가 묻혀 있다는구먼. 이 소문이란 수
다쟁이 아줌마가 약속을 지키는 정직한 여인네라면
말일세.

솔라니오 난 그녀가 이번 일엔 생강 씹고 안 쓰다는 것처럼,
또는 셋째 남편이 죽어서 울었다고 이웃들이 믿게 10
만든 여자처럼 거짓 수다쟁이였으면 좋겠어. 근데
이건 사실이야, 장황함에 빠지거나 담화의 꾸밈없
는 대로를 벗어나지 않고서 하는 말인데, 고결한 안
토니오, 정직한 안토니오가 — 오, 내가 그 이름과
벗할 만큼 훌륭한 존칭을 가졌으면! — 15

살라리노 자, 문장을 끝내라고.

솔라니오 하! 뭐라고? 그야, 결론은 그가 배 한 척을 잃었다,
그 말이지.

살라리노 그게 손실의 끝이었으면 좋겠네.

솔라니오 때맞춰 아멘을 하게 해 줘, 악마가 내 기도를 훼방 20
놓기 전에. 그놈이 유대인의 모습으로 여기 오고
있으니까.

            (유대인 샤일록 등장.)

샤일록이 아닌가, 상인들 사이에 무슨 소식이라도?

유대인 당신들이 알잖소, 누구보다도 잘, 누구보다도 잘 알
지요, 내 딸애가 날아가 버린 걸. 25

살라리노 그건 분명하지. 나로 말하면 그녀의 날개를 지은
양복장이를 알고 있었으니까.

솔라니오 그리고 샤일록으로 말하면 어린 새의 깃털이 다 자
랐고, 또 새끼들이란 모두 천성적으로 어미를 떠난
다는 것도 알고 있었지. 30

유대인 그래서 천벌을 받을 거요.

살라리노	그건 분명하지, 악마가 그녀를 재판할 수 있다면야.
유대인	나 자신의 혈과 육이 반항을 하다니!
솔라니오	썩어 빠진 늙은이 같으니라고! 그 나이에 욕심이 동해?
유대인	내 말은 내 딸이 내 혈육이란 뜻이오.
살라리노	당신과 당신 딸의 육 사이에는 흑옥과 상아보다도 더 큰 차이가 있어. 둘의 혈 사이에도 적포도주와 싸구려 백포도주 사이보다 더 큰 차이가 있고. 하지만 말해 보게, 안토니오 씨가 바다에서 손실을 입었는 지 아닌지 들어 봤나?
유대인	그 또한 내게는 잘못된 거래요. 리알토엔 감히 얼굴도 못 내미는 파산자, 방탕아. 몹시도 뻐기면서 시장에 나타나더니만 거지란 말이오. 그에게 자기 계약서를 잘 보라고 해요. 날 고리대금업자로 부르곤 했는데 자기 계약서를 잘 보라고 해요. 기독교인의 선심으로 돈을 빌려주더니만 자기 계약서를 잘 보라고해요.
살라리노	허 참, 그가 위약한다고 그의 살을 취하지는 분명코 않겠지. 그걸로 뭘 하려고?
유대인	낚싯밥 하지요. 그게 아무짝에도 쓸모없어도 내 복수엔 쓸모가 있을 거요. 그는 날 망신시켰고 내가 오십만 정도를 못 벌게 했으며, 내 손실을 비웃고 이득을 조롱했으며, 우리 나라를 모욕하고 내 거래에 훼방을 놓았으며, 내 친구들은 냉담하게 적들은 흥분하게 만들었소. 이유가 뭐냐고요? 내가 유대인이란겁니다. 유대인은 눈 없어요? 유대인은 손도 기관도신체도 감각도 감정도 정열도 없냐고요? 기독교인과 같은 음식 먹고 같은 무기로 상처를 입으며, 같

35

40

45

50

55

은 병에 걸리고 같은 방법으로 치유되며, 여름과 겨 60
울에도 같이 덥고 같이 춥지 않느냐고요? 당신들이
우리를 찌르면 피 안 나요? 간지럼을 태우면 안 웃
어요? 독약을 먹이면 안 죽어요? 그런데 당신들이
우리에게 잘못하면 우리가 복수를 안 해요? 우리가
나머지 부분에서 당신들과 같다면 그 점도 닮을 거 65
요. 유대인이 기독교인에게 잘못하면 그는 겸손하게
뭘 하지요? 복수하죠. 기독교인이 유대인에게 잘못
하면 그는 기독교인을 본받아 인내하며 뭘 해야 하
지요? 그야, 복수해야죠. 당신들이 가르쳐 준 비열
한 짓을 난 실행할 겁니다. 그리고 어렵긴 하겠지만 70
교육받은 것보다 더 잘할 겁니다.

(안토니오가 보낸 하인 한 명 등장.)

하인   신사분들, 안토니오 주인님께서 댁에 계신데 두 분
        과 얘기하고 싶어 하십니다.

살라리노   우린 그를 이리저리 찾고 있었다네.

        (투발 등장.)

솔라니오   여기 같은 족속 하나가 오는군. 악마 자신이 유대인 75
        이 되지 않는다면 셋째 짝은 못 찾을걸.

        (두 신사 솔라니오와 살라리노, 하인과 함께 퇴장)

유대인   투발이 아닌가, 제노바에서 무슨 소식이라도? 내
        딸을 찾아냈어?

투발   따님의 소식을 들은 곳까지는 자주 갔으나 찾지는
        못했습니다. 80

유대인   아니, 저, 저, 저런, 저런! 없어진 다이아몬드 하나는
        프랑크푸르트에서 이천 다카트나 주고 산 건데. 지
        금에야 우리 민족에게 저주가 내렸어, 지금에야 그
        걸 느끼겠어. 그게 이천 다카트짜리였고 또 다른 귀

중하고 귀중한 보석들. 난 딸년이 내 발치에 죽어 있 85
고 그 귀에는 보석이 걸려 있었으면 좋겠어. 그년이
내 발치에 묻혀 있고 그 관 속에는 다카트가 들어
있었으면. 소식을 모른다고? 그래? 그런데 추적에는
또 얼마나 썼는지 몰라. 아니, 손해에다 손해잖아!
도둑은 그만큼 가지고 달아났고 그 도둑을 찾는 데 90
또 그만큼 들고, 만족도 못 하고 복수도 못 하고, 게
다가 내 어깨 위에 떨어지는 거라곤 불운밖에 없고
쉬는 거라곤 한숨밖에 없으며 흘리는 거라곤 눈물
밖에 없잖아.

투발   아뇨, 불운은 다른 사람에게도 닥친답니다. 제가 제 95
노바에서 듣기로는 안토니오의 ―

유대인   뭐, 뭐, 뭐라고? 불운, 불운이라고?

투발   상선 한 척이 트리폴리에서 오다가 난파됐다죠.

유대인   하느님, 감사, 감사합니다! 사실, 사실이야?

투발   파선을 모면한 뱃사람 몇 명과 얘기해 봤답니다. 100

유대인   고맙네, 투발, 좋은 소식이야, 좋은 소식! 하하,
제노바에서 들었다!

투발   따님이 제노바에서 제가 들은 바로는 하루 저녁에
팔십 다카트를 썼다고 하더군요.

유대인   자네가 내게 칼을 꽂는구먼. 내 금화를 다시는 못 105
볼 거야. 팔십 다카트를 한번 앉은 자리에서? 팔십
다카트를!

투발   안토니오의 여러 채무자들이 저와 동행하여 베니스
로 왔는데, 그가 파산할 수밖에 없다고 장담하더군요.

유대인   그건 아주 기쁜 일이야. 그를 혼내 줄 거야, 고문해 110
줄 거야. 그건 기쁜 일이네.

투발   그 가운데 한 사람이 따님에게 원숭이 한 마리를

	주고 얻은 반지를 제게 보여 주더군요.
유대인	망할 년! 투발, 자넨 날 고문하고 있어. 그건 터키옥
	인데 총각 시절에 레아에게서 받았어. 내게 원숭이
	를 황야 가득 준다 해도 그걸 내놓진 않았을 거야.
투발	하지만 안토니오는 분명히 요절났어요.
유대인	그래, 그건 맞아, 정말 맞는 말이야. 투발, 자넨 가서
	관리 하나를 고용해 주게, 보름 전에 말을 해 놓으
	라고. 그가 만일 위약하면 그 심장을 가질 테야.
	그가 베니스에서 없어지면 내 맘대로 거래할 수
	있으니까. 가 보게 투발, 유대교 예배당에서 만나세.
	가 보게 투발, 유대교 예배당일세, 투발. (함께 퇴장)

주고 얻은 반지를 제게 보여 주더군요.

유대인 망할 년! 투발, 자넨 날 고문하고 있어. 그건 터키옥
인데 총각 시절에 레아에게서 받았어. 내게 원숭이   115
를 황야 가득 준다 해도 그걸 내놓진 않았을 거야.

투발 하지만 안토니오는 분명히 요절났어요.

유대인 그래, 그건 맞아, 정말 맞는 말이야. 투발, 자넨 가서
관리 하나를 고용해 주게, 보름 전에 말을 해 놓으
라고. 그가 만일 위약하면 그 심장을 가질 테야.   120
그가 베니스에서 없어지면 내 맘대로 거래할 수
있으니까. 가 보게 투발, 유대교 예배당에서 만나세.
가 보게 투발, 유대교 예배당일세, 투발. (함께 퇴장)

3막 2장

바사니오, 포서와 네리사, 그라티아노 및 수행원들
모두 등장.

포서 위험을 무릅쓰기 이전에 하루나 이틀쯤
멈추고 기다려요, 선택을 잘못하면
전 친구를 잃으니까. 잠시만 참으세요.
뭔가가 말하네요 — 사랑은 아니지만 —
당신을 잃지 않을 거라고. 그리고 아시지만   5
믿다면 이런 식의 권고는 않겠지요.
하지만 제 뜻을 잘 이해하지 못할까 봐 —
그래도 처녀는 생각할 뿐 말하면 안 되는데 —

115행 레아
샤일록의 아내 이름.

3막 2장 장소
벨몬트. 포서의 저택.

저를 위해 모험하기 이전에 당신을 이곳에
한두 달쯤 잡아 두고 싶어요. 올바른 선택을   10
알려 줄 순 있지만 그럼 전 맹세 깨죠.
그건 절대 안 돼요, 그래서 당신은 날 놓칠지도.
그럼 전 당신 땜에 죄짓고 싶을걸요,
맹세를 깼더라면 하고요. 당신 눈은 못됐어요.
저를 현혹시키고 저를 갈라놓았어요.   15
제 절반은 당신 거, 나머지 절반도 당신 거.
제 거라고 해야지만 제 거면 당신 거죠,
그러니 다 당신 거죠. 오, 사악한 시절이여,
소유주와 소유권 사이에 빗장을 지르다니.
그래서 당신 건데 아니에요. 그렇다면   20
운명이 지옥 갈 일이지 제 책임은 아니에요.
제 말이 길어진 건 시간 끌고 싶어서죠,
당신이 선정을 못 하도록 시간을 늘리고
길게 빼는 거랍니다.

바사니오   선택하게 해 주시오,
전 지금 형틀 위에 있는 것 같습니다.   25

포서   형틀 위요, 바사니오? 그렇다면 고백해요,
당신의 사랑에 웬 반역이 섞였는지.

바사니오   제 사랑을 즐기지 못하게 겁을 주는
추악한 불신의 반역밖엔 없지만
눈과 불 사이엔 친화와 생명이 가능해도   30
반역과 제 사랑 사이엔 불가능하답니다.

포서   예, 하지만 형틀에서 말하는 건 수상쩍죠,
강압에 못 이겨 아무거나 말하니까.

바사니오   목숨을 보장하면 진실을 말하겠소.

포서   그럼, 고백하고 사세요.

| 바사니오 | | 고백하고 사랑하라, | 35 |

그것이 제 고백의 진정한 골자였답니다.
오, 행복한 고문이여, 고문하는 사람이
구제받을 대답을 가르쳐 주다니!
하지만 제 행운과 궤에게로 인도해 주시오.

포서   그럼 가요! 저 한 곳에 이 몸이 갇혔어요.   40
저를 사랑한다면 찾아내실 겁니다.
네리사와 너희는 모두들 물러서라.
선택하실 동안에 음악을 연주하라.
실패하면 그이는 음악 속에 사라지며
백조처럼 끝나리라. 좀 더 옳게 비유하면   45
그이 위해 내 눈은 흐르는 시내 되고
죽음의 침상이 되리라. 성공할 수도 있지.
그러면 음악은 뭐가 될까? 그럴 때 음악은
등극한 새 왕에게 충성하는 신민들이
인사할 때 울리는 팡파르와 같을 테고   50
동틀 무렵 꿈꾸는 신랑 귀에 스며들어
혼례 잔칫상으로 나오게 만드는
감미로운 화음과 같을 테지. 이제 간다,
울부짖는 트로이 사람들이 바다의 괴물에게
공물로 바쳤던 아가씨를 구했을 당시의   55
헤라클레스만큼이나 위엄 있게, 그러나
사랑은 더 많이 품고서. 나는 그 제물이다.
물러선 나머지는 눈물 젖어 흐릿한 눈으로
이 위업의 결과를 보러 나온 트로이의

55행 아가씨
트로이 왕 라오메돈의 딸 헤시오네를 말하는데, 그리스의 영웅 헤라클레스가 바다의
괴물로부터 구해 주었다.

아낙네들이고. 가세요, 헤라클레스여!
그대 살면 나도 살죠. 전 다투는 당신보다
훨씬 크게 동요하며 이 싸움을 지켜봐요.
        (포셔의 악사들이 노래를 부르는 동안 바사니오가
                혼잣말로 궤들에 대한 논평을 한다.)
        사랑의 환상이 싹트는 곳,
        가슴인지 머리인지 말해 줘요,
        어떻게 태어나고 자라지요?   65

모두   대답해요, 대답해.

        그것은 눈에서 생겨나고
        서로 바라보면서 커지다가
        요람에서 죽는다오. 우리 모두
        그 환상의 조종을 울려요.   70
        나를 따라 종을 딩동 울려요.

모두   종을 딩동 울려요.

바사니오   그래서 겉과 속은 전혀 다를 수도 있지,
        이 세상은 언제나 꾸밈에 속고 있다.
        법에서는 아무리 더럽고 썩은 탄원서라도   75
        정중한 목소리로 듣기 좋게 말하면
        사악한 모습이 가려지지 않는가? 종교에선

63행 지문
악사들 가운데 한 사람이 혼자 노래를
부르고 나머지 모두가 후렴(66행과
72행)을 같이 부른다. (아든)

69행 요람
1) 사랑의 환상이 생긴 곳, 즉 눈. 2) 이
환상의 유년기. (리버사이드)

아무리 저주받을 과오라도 엄숙한 얼굴로
축복을 내리고 말씀 끌어 승인하면
깨끗한 장식으로 극악함이 덮이지 않는가?　　　　　80
아무리 순전한 악덕이라 하더라도
미덕의 겉 표시를 약간은 띠고 있다.
수많은 겁쟁이가 심장은 모래알 계단처럼
순 가짜이면서 턱에는 헤라클레스와
험상궂은 마르스의 수염 달고 있잖은가!　　　　　85
그들 속을 뒤져 보면 간은 우윳빛이지만
용기의 외형만 가지고도 사람들을
무섭게 만들지 않는가! 미모를 보더라도
우린 그게 무게로 구입된 줄 아는데
무게 따라 자연에 기적을 일으켜　　　　　90
가장 많이 바른 이가 가장 가벼워진다.
또, 엉터리 미녀의 머리 위에 올라앉아
너무나 음탕하게 바람과 희롱하는
뱀같이 구부러진 금발도 마찬가지.
알고 보면 그건 종종 딴 사람의 유품으로　　　　　95
그게 자란 두골은 무덤 속에 누워 있다.
그래서 꾸밈이란 극도로 위험한 바다의
속기 쉬운 해변이고 검은 미녀 가려 주는
아름다운 베일일 뿐이며, 한마디로
최고 현자 잡으려는 교활한 시대의　　　　　100
겉치레 진실이다. 그러므로 화려한 금이여,

102행 미다스
그리스 신화에 나오는 프리기아의 왕. 손에
닿는 모든 것을 금으로 변하게 만드는 힘이
있었다고 전해진다.

85행 마르스
그리스 신화에서 전쟁의 신.

미다스의 굳은 음식, 난 네게 뜻이 없고
인간들 사이의 창백한 천한 일꾼
네게도 뜻이 없다. 근데 너, 초라한 납이여,
무엇을 약속하기보다는 협박하는   105
창백한 네 모습은 웅변보다 더 감동적이다.
난 이걸 선택한다. 기쁜 결과 있기를.

포서   (방백) 미심쩍은 생각과 성급히 껴안은 절망과
치 떨리는 두려움과 푸른 눈의 질투 같은
다른 모든 감정들은 허공으로 사라졌다.   110
오, 사랑이여, 적당히 와 다오, 황홀감은 약하게
기쁨은 알맞게 내리고 이 넘침은 줄여 다오.
네 축복이 너무 커서 물릴까 봐 걱정되니
적게 만들어 다오.

바사니오   여기 뭐가 들었지? (납궤를 연다.)
고운 포서 초상화다! 대체 어떤 귀신이   115
이만큼 창조에 다가갔지? 두 눈이 움직이나?
아니면 그것들이 내 눈알에 올라타고
움직이는 것처럼 보이나? 벌어진 두 입술을
설탕 숨이 떼 놓았네. 이토록 달콤한 장벽이
이리 친한 친구들을 가르다니. 머리칼은   120
화가가 거미 되어 금 망사로 엮었는데
남자들의 마음을 모기 잡는 거미줄보다도
더 빨리 사로잡네. 하지만 그녀 눈을!
어떻게 보면서 그렸지? 하나를 그렸을 때
그것이 그 사람의 두 눈 뺏는 힘이 있어   125
짝을 짓지 못하게 했을 텐데. 하지만
내 찬사가 이 그림을 낮춰 평가함으로써
큰 잘못을 범하는 만큼이나 이 그림은

실물을 따라잡지 못한다. 이 두루마리에
내 행운의 내용이 집약되어 있구나.   130
(읽는다.) '보는 대로 선택 않은 그대는
　　　운 좋았고 선택 또한 옳았다.
　　　이 행운이 그대에게 왔으니
　　　만족하고 새 사람 찾지 마라.
　　　이 결과에 큰 기쁨을 느낀다면   135
　　　이 행운을 지복이라 생각하면
　　　그대 부인 쪽으로 몸을 돌려
　　　사랑의 키스로 그녀를 요구하라.'
친절한 두루마리로군. 아씨, 허락해 주시면
문서 따라 주고 또 받으려고 왔습니다.   140
　　　　　　　　　　　　　　　(포셔에게 키스한다.)

시합에서 다투는 둘 가운데 하나가
사람들 눈앞에서 잘했다고 생각하고
박수와 관중의 함성을 들으면서
정신은 어지럽고 칭찬의 굉음이
자기 건지 아닌지 의심스레 쳐다보듯   145
저 또한 삼중으로 고운 숙녀 당신께서
제가 본 게 사실임을 확인하고 서명하여
인준해 줄 때까지 망설이며 섰답니다.
　　　　　　　　　　　　　　　(포셔가 그에게 키스한다.)

포셔　바사니오 주인님, 보잘것없는 저는
여기 서 있답니다. 저만을 위해서는   150
이보다 훨씬 더 잘났기를 바라는 야망을
품지 않을 테지만 당신을 위해서는
저 자신이 스물의 세 배이면 좋겠고
천 배나 더 곱고 또 만 배나 더 부자이며

오로지 당신의 높은 평가 받기 위해   155
미덕과 아름다움, 재물과 친구가
헤아릴 수 없었으면 좋겠어요. 하지만
제 전체는 뭔가의 합인데, 뭉뚱그려 말하면
못 배우고 못 읽은 미숙한 소녀로서
다행한 건 배울 수 없을 만큼 나이 들진   160
않았다는 거예요. 그보다 더 다행한 건
천성이 둔하여 못 배우진 않는단 거지요.
또 최고로 다행한 건 온순한 제 마음을
당신에게 맡기고 당신의 지시를
주인, 총독, 임금의 지시처럼 받겠단 거예요.   165
저 자신과 제 것이 이제는 당신에게 넘어가
당신 것이 되었어요. 조금 전만 하더라도
이 저택과 하인들과 저에게 군림하는
여왕은 저였어요. 그런데 이제는, 지금은
이 집과 하인들과 변함없는 저 자신이   170
당신 것, 주인님 거예요, 이 반지와 함께요.

                                    (그에게 반지를 준다.)

이것을 빼 놓거나 잃거나 남에게 준다면
그것은 당신의 사랑이 몰락할 징조이고
제가 당신 비난할 기회도 될 거예요.

바사니오   아씨께서 제 할 말을 다 앗아 가 버려서   175
혈관 속의 피 소리만 당신에게 말합니다.
그리고 제 몸 안의 기능에 혼란이 생겼는데,
그건 마치 사랑받는 군주가 멋진 연설 끝낸 뒤
기분 좋은 군중이 웅성웅성할 때처럼
표현되었으면서 동시에 표현 안 된   180
그들의 기쁨만 빼놓고 이런저런 소리가

한꺼번에 뒤섞여 소리 없는 황야가
된 것과 같습니다. 하지만 이 반지가
이 손가락 떠날 때면 생명 또한 떠납니다.
오, 그럼 감히 바사니오 죽었다고 하십시오.   185

네리사   주인님과 아씨, 이젠 저희 차렙니다.
저희 소망 이뤄지길 서서 지켜보았는데
축하, 축하드립니다, 주인님과 아씨!

그라티아노   제 형님 바사니오 그리고 귀한 아씨,
바라는 모든 기쁨 얻으시기 바랍니다.   190
제게서 바라는 기쁨은 전혀 없을 테니까요.
그리고 두 분께서 믿음의 계약을
엄숙하게 맺으려 하시는 바로 그때
이 몸 또한 결혼할 수 있게 해 주십시오.

바사니오   아내를 얻을 수만 있다면야 흔쾌히 그러지.   195

그라티아노   고맙게도 형님께서 구해 주셨습니다.
제 눈도 형님의 눈처럼 재빨라서
이 아씨를 보셨을 때 이 처녀를 봤으며
사랑을 하셨을 때 했습니다, 막간의 시간은
형님뿐만 아니라 제게도 있었으니까요.   200
형님의 행운이 저 궤들에 달렸을 때
제 것 또한 그 결과에 달려 있었습니다.
왜냐하면 땀이 날 지경까지 구애하고
바로 제 입천장이 다 마를 때까지
사랑을 맹세하여, 형님이 운에 따라   205
아씨를 얻으면 저도 이 고운 이의
사랑을 갖기로 약속을, 약속이 유효하면
마침내 받았기 때문이죠.

포서   사실이냐, 네리사?

네리사	예 아씨, 아씨의 마음에 드신다면.
바사니오	그라티아노 자네도 진심이란 말이지? 210
그라티아노	예, 진심입니다.
바사니오	둘의 결혼, 우리의 잔치에 큰 영광이네.
그라티아노	우린 이 두 분과 천 다카트 걸고 첫아들 먼저 낳기 내기할 거야.
네리사	아니, 밑천을 다 내놓고요? 215
그라티아노	음, 안 그러면 그 노름은 절대 못 이겨.

(로렌초, 제시카, 베니스의 전령 살레리오 등장.)

근데 이게 누구야? 로렌초와 이교도 아가씨!
뭐, 베니스의 옛 친구 살레리오 아닌가?

바사니오　로렌초와 살레리오, 이곳으로 잘 왔네,
여기서 내가 얻은 새로운 소유권의 힘으로　　　　220
환영할 수 있다면. 아름다운 포셔여,
허락해 주시면 바로 제 친구인 동포들을
환영하며 맞겠어요.

포셔　　　　　　　　저도 그리하지요,
이분들을 충심으로 환영해요.

로렌초　형님께 감사를 드립니다. 저로서는　　　　　225
여기에서 형님을 뵐 목적은 없었지만
오는 길에 살레리오 친구를 만났는데
그가 제 동행을 거절을 못 하게끔
간청하였답니다.

살레리오　　　　　　그렇게 했답니다,
이유가 있어서요. 안토니오 형님께서　　　　　230
안부를 전합니다.　　(바사니오에게 편지를 준다.)

바사니오　　　　　이 편지를 열기 전에
내 친구가 어떻게 지내는지 말해 주게.

살레리오	병들진 않으셨죠, 마음속을 빼고는.
	건강하지도 않으시죠, 마음속을 빼고는.
	그 편지가 근황을 알려 줄 것입니다. 235
	(바사니오가 편지를 연다.)
그라티아노	네리사, 저 낯선 여성을 격려하고 환영해 줘.
	악수하세, 살레리오. 베니스 소식은?
	안토니오 최고 상인께서는 어떠신지?
	우리의 성공을 기뻐하실 줄 안다네.
	우리들은 이아손, 황금 양털 얻었다네. 240
살레리오	그가 잃은 양털을 자네가 얻었으면 좋겠네.
포서	바사니오 뺨에서 혈색을 빼앗아 가다니
	저 종이에 무언가 불길한 게 있구나.
	소중한 친구가 죽은 게 아니라면
	세상의 그 무엇도 한결같은 사람을 245
	저렇게 바꿔 놓진 못한다. 점점 더 나빠져?
	실례지만 바사니오, 전 당신의 반쪽이니
	이 종이로 전달된 어떤 것의 반쪽도
	자유롭게 가져야 되겠어요.
바사니오	오 고운 포서여,
	종이를 물들인 말 가운데 최고로 250
	기분 나쁜 일부가 이것이오. 착한 아씨,
	제 사랑을 당신에게 처음 알려 주었을 때
	제 핏줄에 흐르는 저의 전 재산을
	솔직히 말하였소. — 전 신사였다고 —
	그 말은 사실이었지요. 하지만 귀한 아씨, 255
	자신을 무라고 평가한 저 자신이 얼마나

239행 이아손
모험 끝에 황금의 양털을 얻은 그리스 신화의 영웅. (1막 1장 172행의 주 참조.)

베니스의 상인

떠버리였는지 알 겁니다. 제 상태가 무라고
말했을 당시에 전 무보다 더 못하다고
말했어야 했답니다. 왜냐하면 사실 전
소중한 친구에게 저 자신을 잡혔고   260
그 친구를 그의 절대 적에게 잡혔으니까요.
자금 마련 때문에요. 아씨, 여기 이 편지의
이 종이는 제 친구의 몸이나 다름없고
그 한마디 한마디는 생명의 피 내뿜는
상처와 같답니다. 하지만 사실인가, 살레리오?   265
모든 모험 다 실패야? 하나도 성공 못 해?
트리폴리, 멕시코 그리고 영국에서
리스본과 바버리 그리고 인도에서
단 한 척도 상인을 망치는 무서운 암초의
손아귀를 못 벗어나?

살레리오   한 척도 못 그랬죠.   270
게다가 변제할 현금을 가졌대도
지금 상황으로는 유대인이 그것을
안 받을 것 같습니다. 인간의 탈을 쓰고
한 사람을 그토록 잔인하게 굶주린 듯
파멸시키려는 녀석은 본 적이 없답니다.   275
그자는 밤낮으로 공작님께 들러붙어
공평하지 못할 경우 이 나라의 자유를
문제 삼겠답니다. 스무 명의 상인들과
공작님 자신과 최고로 위엄 있는 고관들
모두가 그자를 설득해 보았지만   280
누구도 빚 청산과 정의와 계약을 원하는
그자의 악의적인 탄원을 단념케 못 합니다.

제시카   제가 그와 살았을 때 동포인 투발과

추스에게 그가 하는 맹세를 들었는데
안토니오 님께서 갚아야 할 총액의 285
스무 배보다도 오히려 그의 살을
갖겠다고 했어요. 저는 알고 있어요,
법과 권위, 공권력이 막아 주지 않는다면
불쌍한 안토니오님께선 변 당하실 거예요.

포서　곤궁에 처한 이가 소중한 친구세요? 290

바사니오　최고로 소중한 제 친구, 최고로 친절하고
최상의 인품과 불굴의 정신으로
예의를 실천하며, 로마인의 옛 기품이
이탈리아에 살아 있는 그 누구보다도
더 많이 보이는 사람이라 할 수 있소. 295

포서　그가 유대인에게 진 빚이 얼만데요?

바사니오　제게 준 삼천 다카트요.

포서　　　　　　　뭐 그게 다예요?
육천을 지불하고 계약서를 지우세요.
이런 유의 친구가 바사니오의 잘못으로
머리카락 하나라도 다치기 이전에 300
육천을 두 배로, 또 그걸 세 배로 하세요.
교회 가서 저를 먼저 아내 만든 다음에
베니스로, 당신 친구에게로 떠나세요.
불안한 마음으로 포서 곁에 눕게는
절대 안 할 테니까요. 스무 배 이상으로 305
그 시시한 빚을 갚을 금을 드릴 거예요.
갚고 나서 진정한 그 친구를 모셔 와요.
제 하녀 네리사와 저 자신은 그동안
처녀이자 과부로 살 거예요. 어서 가요,
결혼식 날 이곳을 떠나실 테니까. 310

친구들을 환영하고 기운을 내세요,

비싸게 산 당신이니 비싸게 사랑할 거예요.

하지만 친구 분의 편지를 듣게 해 주세요.

바사니오 　(읽는다.) '친애하는 바사니오, 내 배는 모조리 유실

됐고 빚쟁이들은 잔인해졌으며, 내 재산은 바닥이 　315

났고 유대인과의 계약은 파기되었으며, 그 대가를

치르면서 내가 살아남는다는 건 불가능하므로 죽

을 때 자네를 보기만 한다면 자네와 나 사이의 모든

빚은 다 청산되는 셈이네. 그렇지만 자네 맘대로 하

게나. 사랑의 재촉을 받는다면 모를까 내 편지 때문　320

에 오진 말게.'

포서 　오, 이런! 모든 일을 신속히 해치우고 가세요.

바사니오 　가도 좋단 허락을 당신에게 받았으니

서두를 것이오. 하지만 돌아올 때까지

잠자리에 눕는 죄는 짓지 않을 것이며　　　　　　　325

휴식 또한 우리 새에 끼어들지 못할 거요. (함께 퇴장)

3막 3장

유대인 샤일록, 솔라니오, 안토니오 및

간수 등장.

유대인 　이봐 간수, 잘 지켜. 자비심 얘긴 말고.

이 바보가 공짜로 돈을 빌려주었다네.

간수, 잘 지켜.

3막 3장 장소
베니스의 길거리.

안토니오	내 말 좀 들어 보게, 샤일록.
유대인	계약대로 할 거요, 내 계약을 비난 마오.

안토니오　　　　　내 말 좀 들어 보게, 샤일록.

유대인　계약대로 할 거요, 내 계약을 비난 마오.

나는 내 계약대로 할 거라고 맹세했소.　　　　　5

이유가 없을 때도 당신은 날 개라고 불렀소.

하지만 난 개니까 이빨을 조심하쇼.

공작님은 공평하실 것이오. 놀랍구나,

이 못된 간수야, 그가 요청했다고

그와 함께 밖으로 나올 만큼 바보라니.　　　　　10

안토니오　제발, 내 말 좀 들어 보게.

유대인　계약대로 할 거요. 당신 말은 안 듣겠소.

계약대로 할 테니까 더는 말을 마시오.

난 여리고 눈이 삔 바보처럼 고개 떨고

누그러져 한숨 쉬며 기독교인 중재자들에게　　　　　15

굴복하진 않을 거요. 날 쫓지 마시오.

말은 필요 없다니까, 계약대로 할 거요.　　　（퇴장）

솔라니오　저자는 인간과 함께 산 개 가운데

가장 독한 고집불통이라네.

안토니오　　　　　　　내버려 두게나.

헛되이 빌면서 더 이상 뒤쫓진 않겠네.　　　　　20

내 목숨을 노린다네. 그 이유는 잘 알지.

그의 빚 청산을 때로는 내게 와서 하소연한

수많은 사람을 난 자주 구원해 줬다네.

그래서 날 미워해.

솔라니오　　　　　공작께선 분명히

이런 식의 빚 청산을 절대 허락 않으셔.　　　　　25

안토니오　공작께서 법 절차를 막으실 순 없다네.

왜냐하면 외국인이 우리와 동등하게

베니스에서 누리는 편익을 거부하면

베니스의 상인

온갖 나라 사람들이 이 도시와 교역하고
이익을 나누기 때문에 국가의 공정성이   30
크게 훼손될 테니까. 그러니 가 보게,
이런저런 슬픔과 손실로 난 너무 좋아들어
내일 아침 피에 주린 나의 채권자에게
한 파운드 살조차도 못 내줄 것 같다네.
자, 간수, 앞서게. 바사니오가 꼭 와서   35
자기 빚 갚는 것을 본다면 난 상관없다네. (함께 퇴장)

3막 4장

포셔, 네리사, 로렌초, 제시카 및

포셔의 하인 발타자르 등장.

로렌초   마님을 앞에 두고 말씀을 드리지만
　　　　 신성한 우정에 대하여 마님께서 가지신
　　　　 고귀한 참 생각은 서방님의 부재를
　　　　 이렇게 참는 데서 가장 깊어 보입니다.
　　　　 그러나 누구에게 이 영예를 표하는지   5
　　　　 얼마나 진실된 신사에게 구원을 보내는지
　　　　 그가 우리 형님을 얼마나 아끼는지 아신다면
　　　　 이 일을 늘 있는 시혜를 베푸셨을 때보다
　　　　 더 자랑스러워하실 줄로 압니다.
포셔　　 난 선행을 후회한 적 한 번도 없었다네,   10
　　　　 지금도 그렇고. 왜냐하면 벗과 벗 사이에는

3막 4장 장소
벨몬트. 포셔의 저택.

서로 간에 대화하고 함께 시간 보내면서
두 영혼이 사랑의 멍에를 함께 질 경우에
생김새와 태도와 정신에 있어서
조화로운 모습이 반드시 있으니까.   15
그러므로 내 생각에 안토니오 이 사람은
가슴으로 그이를 사랑하는 분이므로
반드시 그이와 같을 거야. 그렇다면
내 영혼과 닮은 이를 그 잔인하기가
지옥 같은 상황에서 돈을 주고 꺼내는 데   20
내가 쓴 비용은 얼마나 적은가.
이거 너무 자화자찬 같으니까
그만둬야 되겠네. 다른 얘길 들어 보게.
로렌초, 주인님이 귀가하실 때까지
내 집안을 다스리고 경영하는 일들을   25
자네 손에 맡기겠네. 난 어떡할 거냐 하면
여기 있는 네리사의 시중만 받으면서
그녀의 남편과 내 주인이 돌아오실 때까지
기도와 명상을 하면서 살기로
하늘을 향하여 비밀 맹세 했다네.   30
한 이 마일 떨어진 데 수도원이 있는데
우린 거기 머물 거야. 바라건대 이 강요를
자네를 좋아하고 필요해서 부탁인데
거절하지 말았으면 좋겠네.

로렌초   기꺼이
마님의 고운 명령 다 받들겠습니다.   35

포서   내 집안사람들은 내 뜻을 이미 알고

19행 내 영혼
포서는 바사니오를 이렇게 부른다. 따라서 '내 영혼과 닮은 이'는 안토니오이다. (아든)

베니스의 상인

	자네와 제시카를 바사니오 주인님과	
	이 몸의 대신으로 받아들일 것이야.	
	그러니 다시 만날 때까지 잘 지내게.	
로렌초	고운 생각, 복된 시간 가지시기 바랍니다.	40
제시카	온 마음의 만족을 누리시기 바랍니다.	
포서	그렇게 빌어 줘서 고맙고, 따라서 즐겁게	
	같은 걸 되빌어 주겠네. 잘 지내라, 제시카.	

(제시카와 로렌초 함께 퇴장)

자, 발타자르,
난 너를 정직한 사람으로 알아 왔고   45
언제나 그렇길 바란다. 이 편지를 받아라.
그리고 인간에게 가능한 모든 노력 다하여
파도바로 속히 가서 벨라리오 박사님인
내 친척의 손안에 그것을 전달해라. (편지를 준다.)
그리고 무슨 글과 의복을 주는지 잘 보고   50
그것들을 빌건대 상상력의 속도로
베니스와 교역하는 일반용 나룻배인
객선으로 가져와. 말로써 시간 낭비하지 말고
어서 떠나. 너보다 내가 먼저 가 있겠다.

발타자르	마님, 최적의 속도로 가 보겠습니다. (퇴장)	55
포서	자 가자, 네리사, 넌 아직 모르지만	
	할 일이 좀 있어. 우리는 남편들을 볼 거야,	
	그들이 생각도 못 할 때!	
네리사	그들이 우릴 봐요?	
포서	그럴 거야. 하지만 복장이 달라서	
	우리에겐 없는 것을 우리가 갖췄다고	60
	생각하게 될 거야. 내기 걸고 말하지만	
	우리 둘이 젊은 남자 옷차림을 했을 때	

내가 더 예쁘장하다고 판명이 날 거야.
너보다 더 멋지게, 우아하게 칼을 차고
소년에서 어른으로 변하는 중간의   65
풀피리 소리 내며, 아장아장 두 걸음을
남자 활보 하나로 바꿀 거야. 떠버리 청년처럼
싸움했던 얘기하며, 귀하신 처녀들이
내 사랑을 구했다가 거절을 당하고
병들어 죽었다고, 근데 난 어쩔 수 없었다고   70
교묘한 거짓말을 할 거야. 그런 다음
그래도 죽이진 말걸 하고 뉘우칠 거란다.
또 이런 하찮은 거짓말을 스무 개나 해 대서
남자들은 내가 학교 관둔 지 열두 달도
넘었다고 맹세할 거란다. 내 맘속엔   75
이 같은 허풍쟁이 잔꾀가 천 개나 있는데
다 실천할 거야.

| 네리사 | 어, 우리가 남자 몸을 가져요? |

포서   에이, 거 무슨 질문이야,
음담패설 쪽으로 해석해도 유분수지!
하지만 가, 수렵장 문 앞에서 기다리는   80
마차에 올랐을 때 내 계책을 전부 다
말해 줄 테니까. 그러니까 서둘러,
오늘 안에 이십 마일 가야만 하니까.　　(함께 퇴장)

3막 5장

광대 란슬럿과 제시카 등장.

광대   진짜라고요, 이것 봐요, 아버지가 지은 죄는 자식이
      물려받게 되는데 그래서 당신이 정말이지 걱정된단
      말입니다. 전 당신에게 항상 솔직했잖아요, 그래서
      지금도 이 일에 대한 제 견해를 말씀드리는 겁니다.
      그러니까 용기를 내세요, 당신은 진짜로 지옥에 떨   5
      어질 것 같으니까. 도움이 될 만한 희망은 하나뿐인
      데, 그게 좀 엉터리 희망이지 뭡니까.

제시카   말해 줘, 그게 무슨 희망인데?

광대   글쎄요, 당신 아버지가 당신을 낳지 않아서 유대인
      딸이 아니라는 희망을 좀 가질 수 있겠네요.   10

제시카   그야말로 좀 엉터리 희망이군, 그래서 어머니가 지은
      죄를 내가 덮어써야 하는군.

광대   그렇다면 진짜로 당신은 아버지에다가 어머니 때문
      에 지옥에 떨어질 것 같네요. 그리하여 당신 아버지
      스킬라를 피하자마자 당신 어머니 카리브디스에 빠   15
      진단 말씀이야. 글쎄, 당신은 양쪽으로 망했어요.

제시카   남편이 구원해 줄 거야. 그이가 날 기독교인 만들어
      줬어!

광대   진짜로 욕먹을 일을 했네요. 이전에도 기독교인들은

3막 5장 장소
벨몬트. 포서의 정원.
4행 건해
견해.

15행 스킬라 ... 카리브디스
스킬라는 동굴에 사는 머리가 여섯인 여자
괴물로서 배가 자기 맞은편에 있는 여자
괴물 대식가인 카리브디스(소용돌이)를
피해 가까이 오면 선원들을 잡아먹었다고
한다.

수두룩하게, 서로 뜯어먹을 수 있을 만큼 많았는데.　20
이렇게 기독교인 만들다간 돼지 값만 올라가요. 우
리 모두가 돼지고기를 먹게 되면 머지않아 석탄불
베이컨은 돈 줘도 못 구할 겁니다.

(로렌초 등장.)

제시카　그 말을 남편에게 이를 거야, 란슬럿, 여기 오고
있거든.　25

로렌초　내 아내를 그렇게 구석으로 데려가면 난 머지않아
란슬럿 널 질투하게 될 거야!

제시카　아냐, 우리 걱정은 할 필요 없어, 로렌초. 란슬럿과
난 다퉜어. 내가 유대인의 딸이기 때문에 하늘엔 나
를 위한 자비가 없다고 단호하게 말하지 뭐야. 또 당　30
신은 유대인들을 기독교인으로 개종시켜 돼지고기
값을 올려놓았으니 이 나라에 적합한 사람이 아니래.

로렌초　이 나라에는 그게 더 낫다고 대답하지, 네가 검둥이
여자의 배를 부풀려 놓을 수 있는 것보다 말이야.
무어 처녀가 네 아이를 가졌어, 란슬럿!　35

광대　그 무어 처녀가 무엇보다 더 커졌다니 참 안된 무어
지만, 정숙한 여자가 아니라면 정말이지 내가 품었
던 무어가 아니네.

로렌초　말장난 못 하는 바보는 정말 없어. 내 생각에는 최고
의 재담꾼조차도 머지않아 침묵을 지키고, 대화는　40
앵무새들을 제외한 그 누구에게도 권장 사항이 못
될 거야. 이봐, 넌 들어가서 저녁 먹을 준비를 하라
고 해!

39행 바보
궁정이나 부잣집에 상주하며 바른말을 해도 벌을 받지 않는 어릿광대를 가리킨다. 『리어
왕』에 나오는 바보가 전형적인 예이다.

베니스의 상인

란슬럿   그 일은 끝냈습죠, 위는 다 있으니까요!

로렌초   아이고 맙소사, 이 친구가 말꼬리를 잡는구나! 그럼   45
             가서 저녁을 준비하라고 해.

란슬럿   그 일도 끝냈습죠, '차려!'라고만 하면 되니까.

로렌초   그렇다면 '차려!' 할 거야?

란슬럿   못 하지요, 전 움직여야 가니까.

로렌초   사사건건 시비를 거는구나. 네 말재주 전 재산을 한   50
             꺼번에 다 보여 줄 순 없냐? 제발 솔직한 사람의 솔
             직한 뜻을 이해해 줘. 네 동료들에게 가서 음식을
             내오고 상을 차리라고 하면 우리가 저녁을 먹으러
             들어갈 거야.

란슬럿   상은요, 내오게 할 것이고, 음식은요, 차리게 할 것   55
             이며, 두 분이 저녁 먹으러 들어가시는 건요, 기분
             내키는 대로 생각나는 대로 하시지요.   (퇴장)

로렌초   오, 뛰어난 안목이여, 맞는 말만 골라 하네.
             이 바보는 좋은 말을 자신의 기억 속에
             태산만큼 쌓아 뒀어. 난 이 친구보다도   60
             더 높은 자리에서 비슷한 말재간을 가지고
             색다른 말 한마디 하려고 생억지를 부리는
             바보들을 많이 알아. 기분 어때, 제시카?
             그럼 이제 여보야, 의견을 말해 볼래?
             바사니오 형님의 부인이 얼마나 좋은지.   65

제시카   표현할 수 없을 만큼. 바사니오 님께서
             올곧게 사셔야 하는 건 지당한 일이셔.
             이렇게 큰 축복을 부인으로 받으셔서
             하늘의 즐거움을 땅 위에서 찾은 건데
             땅 위에서 그걸 누릴 자격이 없으시면   70
             하늘로는 당연히 못 가실 테니까.

음, 만약에 지상의 두 여인을 놓고서
천상에서 두 신이 내기를 벌이는데
그 하나가 포셔라면, 조잡한 이 세상에
그녀 짝은 없으니까 다른 여인 위해서는   75
딴것을 더 걸어야 해.

로렌초   아내로는 포셔이듯
바로 그런 남편으로 넌 나를 가졌어.

제시카   그래, 하지만 그에 대한 의견도 물어봐.

로렌초   곧 그러지. 우리 먼저 저녁부터 먹으러 가.

제시카   아냐, 의욕이 있을 때 당신을 칭찬할래.   80

로렌초   제발 그만, 그 얘기는 식탁에서 하지그래.
그때는 뭔 말을 하더라도 다른 것과 섞어서
소화할 테니까.

제시카   음, 아주 높이 추어줄게. (함께 퇴장)

4막 1장

공작, 고관들, 안토니오, 바사니오, 문 근처에 남아 있는
살레리오, 그라티아노 및 시종 서너 명 등장.

공작   허 참, 안토니오 여있는가?

안토니오   예, 공작 각하.

공작   자네 일은 안됐네. 자네의 적대자는
돌 같은 인간으로 몰인정한 놈이며
동정심 따윈 없고 일말의 자비심조차도

4막 1장 장소
베니스의 법정.

찾아볼 수 없다네.

안토니오 　　　　　　　이자의 가혹한 방침을　　　　5
완화해 보려고 크게 애를 쓰셨다고
들은 바 있지만 이자가 완고하고
또 그의 사악한 손아귀를 벗어날
그 어떤 합법적인 수단도 없으므로
전 이자의 광기에 인내로 맞서면서　　　　10
바로 그의 폭거와 광분을 차분하게
받아들일 준비를 해 놓고 있습니다.

공작 　가서 이 유대인을 법정으로 불러오라.

살레리오 　문밖에 대기하고 있는데, 옵니다, 각하.

　　　　　　(유대인 샤일록 등장.)

공작 　비켜라, 그를 짐의 면전에 서게 하라.　　　　15
샤일록, 사람들은 나도 마찬가지지만
그대가 이런 식의 악의를 최후의 순간까지
이끌고 가다가 그 놀라워 보이는 잔인성,
그것보다 훨씬 더 놀라운 자비심과
동정심을 보여 줄 것이라고 생각한다.　　　　20
또 지금은 벌금을 강요하고 있지만
불쌍한 이 상인의 살 한 파운드 말인데,
그런 식의 몰수물을 놔줄 뿐만 아니라
인간적인 친절과 사랑의 마음이 움직여
이 최고 상인을 짓눌러 버릴 만큼　　　　25
최근에 떼 지어 몰려온 큰 손실을
측은한 눈으로 바라보며 원금의 일부를
감면해 줄 거라고 생각하고, 그래서
이 사람의 처지를 동정하는 마음을
구리 가슴, 부싯돌 심장 가진 자들이나　　　　30

완고한 터키인, 한 번도 예법 교육 못 받은
타타르족에게서도 끌어낼 거라고 생각한다.
모두가 관대한 답변을 기대한다, 유대인!

유대인 저는 제 목적을 각하께 이미 말씀드렸고
계약서에 정해 놓은 벌금을 갖겠다고   35
거룩한 안식일에 걸고서 맹세했답니다.
그걸 거부하신다면 여러분의 헌장과
이 도시의 자유는 위험에 처할 거요!
제가 왜 삼천 다카트를 받는 대신
살코기 한 덩이를 가지려고 하는지   40
물으시겠지요. 그건 대답 않겠소!
제 변덕이라고 해 두지요. 대답이 됩니까?
제 집에서 쥐새끼가 문제를 일으켜
독약을 뿌리는 데 일만 다카트를
기꺼이 쓰겠다면? 아, 아직 답이 안 되나요?   45
어떤 자는 입 벌린 돼지를 못 봐 주죠!
어떤 자는 고양이를 쳐다보면 미치고요!
또 누구는 코앞에서 풍적 소릴 들으면
오줌을 못 참지요, 감정의 주인인 정서는
좋아하고 싫어하는 기분에 따라서   50
요동을 치니까요. 이제 답을 해 드리면
왜 누구는 입 벌린 돼지를 못 참는지
왜 누구는 필요하고 무해한 고양이를
왜 누구는 양털 입힌 풍적을 못 참고
기분을 잡쳤는데 또 잡칠 정도로   55
피치 못할 치욕에 굴복을 하는지

56행 **치욕**
앞서 말했듯이(49행) 오줌을 참지 못하는 것.

베니스의 상인

그 확실한 이유를 내놓을 수 없듯이
안토니오 씨에게 제가 품은 뿌리 깊은 증오와
모종의 혐오감 때문에 손해 보는 소송을
제기한단 이유밖엔 댈 수가 없으며   60
말도 않을 것입니다. 대답이 됐습니까?

바사니오   이것은 네 몸에 흐르는 잔인성을
         변명해 줄 답이 아냐, 이 무정한 인간아!

유대인   당신 맘에 들도록 답할 의무 없소이다.

바사니오   좋아하지 않는 걸 모두가 죽이나?   65

유대인   안 죽이고 싶은 걸 누가 미워합니까?

바사니오   모든 죄가 처음부터 미움은 아니다!

유대인   뭐요! 독사가 당신을 두 번 물게 할 겁니까?

안토니오   유대인과 논쟁한단 사실을 유념하게.
         차라리 바닷가로 간 다음 드높은 파도에게   70
         평소의 높이를 줄이라고 하는 편이,
         암양이 왜 새끼 찾아 울부짖게 되었는지
         늑대에게 묻는 편이 더 나을 것이네.
         차라리 산 위의 소나무들에게
         세찬 바람 불어올 때 높은 가지 흔들며   75
         소리 내지 말라고 하는 편이 나을 걸세.
         유대인의 모진 마음 — 더 독한 게 있겠어? —
         녹이려 하기보단 최고로 모진 일을 별도로
         하는 편이 나을 거야! 그러니 간청컨대
         더 이상 제안 말고, 다른 방법 찾지 말고   80
         간단하고 명료한 모든 편리 다 좋아서
         나는 판결, 유대인은 소망을 얻게 해 주게나!

바사니오   당신의 삼천 대신 육천 다카트 여깄다!

유대인   그 육천 다카트의 한 개 한 개 다카트가

| | 여섯으로 갈라져서 다카트로 다 변해도 | 85 |
| | 그 돈을 안 받고 계약대로 할 거요! |

공작　자비를 안 베풀고 어찌 그걸 바랄 텐가?

유대인　잘못이 없는데 겁내야 할 판결이 뭐지요?
당신들 가운데 많은 이가 노예를 샀는데
당신들의 노새나 개 그리고 나귀처럼 　　　　90
비참하고 천한 일에 그들을 쓰지요,
돈 주고 샀으니까. 근데 제가 말하기를
'그들을 해방하고 당신들 자손과 짝지으쇼.
왜 그들이 짐을 지고 땀 흘리오? 그들 침대
당신네 것처럼 푹신하게 만들고 그들의 혀, 　95
요리 맛을 보게 하오.'라고 하면 그 대답은
'노예는 우리 거야.' 그거겠죠. 제 답도 같습니다.
이 몸이 요구하는 한 파운드 살덩이는
비싸게 샀으며 내 것이니 가지겠소.
그걸 거부하신다면 당신네 법 우습겠죠, 　　100
베니스의 법령은 강제력이 없으니까.
판결 기다립니다. 자, 내려 주실 거지요?

공작　내 힘으로 이 법정을 해산할 수도 있다,
만약에 이 사건을 해결해 달라고 내가 부른
학식 많은 박사인 벨라리오 선생이 　　　　105
오늘 여기 못 온다면.

살레리오　　　　　　　　각하, 문밖의 전령이
파도바에서 갓 도착한 박사의 편지를
가지고 있습니다.

공작　　　　　　편지를 가져오라! 전령을 불러오라!

　　　　　　　　　　　　　　　　(살레리오 퇴장)

바사니오　안토니오, 힘내게! 이 사람아, 용기를 내.

	나 때문에 자네가 피 한 방울 잃기 전에	110
	유대인은 내 살과 피와 뼈를 다 가질 것이야!	
안토니오	양 떼 중에 점 찍힌 숫양이 바로 나야.	
	가장 죽기 알맞지. 가장 약한 과일이	
	가장 일찍 떨어지네, 그렇게 날 보내 주게.	
	살아남아 내 묘비명 써 주는 것보다	115
	더 나은 일거리는 없을 걸세, 바사니오!	

(살레리오와 변호사의 서기로 변장한 네리사 등장.)

공작	파도바의 벨라리오가 자네를 보냈는가?	
네리사	(공작에게 편지를 내놓는다.)	
	맞습니다! 각하, 벨라리오의 문안이오!	
바사니오	왜 그렇게 열심히 칼은 갈고 그러나?	
샤일록	저기 저 파산자의 몰수물을 자르려고.	120
그라티아노	네 구두의 바닥 아닌 네 영혼의 바닥으로	
	이 거친 유대인아, 너는 칼날 세운다.	
	하지만 그 어떤 금속도, 망나니의 도끼조차	
	뾰족한 네 시기심의 날카로움, 그 절반도	
	날카롭지 않구나. 너에겐 기도도 안 통해?	125
샤일록	음, 네 머리로 생각해 낸 것으론 어림없지.	
그라티아노	오, 이 냉혹한 개새끼, 지옥에나 떨어져라,	
	그리고 너를 살린 정의는 비난을 받아야 해!	
	난 네놈 때문에 신앙심에 동요가 일어나	
	동물의 영혼이 인간의 육신에 깃들인단	130
	피타고라스의 견해에 하마터면	
	공감할 뻔했다. 개 같은 네 영혼은	

131행 피타고라스
그리스의 철학자, 수학자, 종교 개혁가. 죽은 후에도 영혼이 존속하여 다른 육체로 옮겨
가면서 영구히 재생을 계속한다는 영혼 이체설을 주장했다.

	살인죄로 교수당한 늑대를 지배했어.
	잔인한 그 혼은 바로 그 교수대를 벗어나
	네놈이 불경한 어미의 몸속에 누웠을 때 135
	너에게 침투했어. 네 욕심은 늑대 같고
	잔학하고 굶주렸고 탐욕스러우니까.
샤일록	욕설로 계약서의 도장을 지울 수 없다면
	큰소리쳐 봤자 네 허파만 상하지.
	젊은이여, 불치의 파멸로 안 떨어지려거든 140
	머리나 좀 고치게. 난 법을 기다리네.
공작	벨라리오가 편지로 나이 젊고 학식 많은
	박사님 한 분을 이 법정에 추천했군.
	어딨는가?
네리사	각하께서 받아들일 것인지
	그 응답을 알고자 바로 곁에 있습니다. 145
공작	진심으로 맞겠다. 너희 중 서너 명이
	정중히 그분을 모시도록 하여라.
	그동안 법정은 벨라리오의 편지를 들으리라.
	(읽는다.) '각하께 알려 드리옵건대 각하의 편지를
	받았을 때 소생은 몹시 아팠지만, 각하의 사자가 도 150
	착한 그 순간 애정으로 저를 방문한 로마의 한 젊은
	박사가 있었는데 이름은 발타자르라 하옵니다. 저는
	그에게 유대인과 안토니오 상인 사이의 분쟁을 알
	려 줬고 둘이서 많은 책을 넘겨 본 후 제 의견을 그
	에게 제공하니, 그는 그것을 자신의 학식으로 — 그 155
	위대함은 제가 어떻게 칭찬할 수 없을 정도인데 —
	더 잘 다듬어서 끈덕진 제 간청을 받고 저 대신 각
	하의 요청에 응하기 위해 가져갈 것입니다. 청하옵
	건대 그가 나이 부족으로 경의에 찬 평가를 받는 데

지장이 없도록 해 주시기 바랍니다. 그렇게 젊은 몸 160
에 그렇게 나이 든 머리를 가진 사람을 결코 본 적
이 없기 때문입니다. 정중하게 받아들여 주시기 바
라며 이 시험을 통하여 그에 대한 찬사는 더 널리
퍼질 것이옵니다.'

(발타자르 역의 포셔, 서너 명의 시종들과 함께 등장.)

공작   여러분은 박식한 벨라리오가 쓴 것을 들었소. 165
　　　　그런데 그 박사가 이 사람인가 보오.
　　　　손을 주게. 벨라리오 노인이 보냈는가?

포셔   예, 각하.

공작　　　　　　어서 오게, 자리를 잡게나.
　　　　지금 이 법정에서 다루게 된 문제인
　　　　이 분쟁에 대하여 알고는 있는가? 170

포셔   그 까닭을 철저히 숙지하였습니다.
　　　　여기 그 상인은 누구고 유대인은 누구요?

공작   안토니오와 샤일록 노인은 앞으로 나오라.

포셔   당신 이름, 샤일록이오?

유대인　　　　　　　　샤일록이 내 이름이오.

포셔   당신은 이상한 성격의 소송을 제기하오. 175
　　　　하지만 당신의 사건 진행 절차를
　　　　베니스 국법으로 반대할 순 없소이다.
　　　　(안토니오에게)
　　　　당신에겐 이 사람이 위험하오, 안 그렇소?

안토니오   예, 그가 하는 말이오.

포셔　　　　　　계약서를 인정하오?

안토니오   예.

포셔   그렇다면 유대인은 자비를 보여야죠. 180

유대인   거 무슨 강압인지? 어디 말해 보시오.

포서	자비심은 강요해서 생기는 게 아니오.
	그것은 하늘에서 땅 위로 내리는
	부드러운 비와 같고 이중의 축복인데
	베푸는 사람과 받는 이의 축복이며 185
	최강자의 최강점으로서 옥좌 위의 왕에게
	왕관보다 더 잘 어울린답니다.
	왕의 홀은 속세의 권력을 드러내 주는데
	그것의 속성은 경외와 위엄이니
	왕에 대한 공포는 거기에서 나오지요. 190
	하지만 자비는 왕홀의 통치권 위에 있고
	그 옥좌는 왕들의 마음속에 있으며
	신의 속성 가운데 하나지요. 그래서
	지상의 권력은 자비로 정의를 조절할 때
	신권과 가장 비슷하답니다. 그러므로 195
	당신의 탄원은 정의지만 정의를 좇는 동안
	우리들 누구도 구원을 못 받는단 사실을
	고려해 보시오. 우린 정말 자비를 기원하고
	이 기원은 우리 모두 자비를 행하라는
	가르침을 줍니다. 당신이 탄원하는 정의를 200
	완화해 보려고 말이 많아졌소만
	그걸 따르겠다면 엄한 이 베니스 법정은
	저 상인에게 불리한 판결을 내려야만 합니다.
유대인	내 행동은 내가 책임지겠소, 나는 법과
	계약서의 벌칙과 몰수물을 갈구하오. 205
포서	그가 돈을 변제할 능력이 없나요?
바사니오	있습니다, 법정에서 그에게 내놓겠소.
	그래요, 두 배를. 그걸로 충분치 않다면
	내 손과 머리와 심장을 잃는다는 조건으로

	열 배를 지불하겠노라고 약속하죠. 210
	그래도 충분치 않다면 악의가 진심을
	눌렀다고 볼 수밖에. (공작에게) 제발 간청하옵건대
	각하의 권위로 한 번만 법을 어겨 주십시오.
	대의를 위하여 작은 잘못 범하시어
	잔인한 이 악마의 뜻을 꺾어 주십시오. 215
포셔	그건 안 될 말이오. 베니스의 어떤 힘도
	확정된 법령을 변경할 순 없소이다.
	그리하면 그것은 판례로 기록되고
	그것을 본보기로 수많은 불의가 이 나라로
	들이닥칠 것이오, 그렇게는 할 수 없소. 220
유대인	다니엘이 심판하러 왔도다. 암, 다니엘이!
	오, 현명한 젊은 판관, 참으로 존경하오.
포셔	청컨대 문제의 계약서를 보게 해 주시오.
유대인	여기요, 존중하는 박사님, 여깄어요.
포셔	샤일록, 당신 돈의 세 배를 내놓았소. 225
유대인	맹세, 맹세, 하늘에다 맹세를 했답니다!
	내 영혼에 위증죄를 씌운단 말입니까?
	못 하죠, 베니스를 준대도.
포셔	이 계약은 파기됐소.
	그에 따라 유대인은 살덩이 일 파운드를
	이 상인의 심장 가장 가까운 곳에서 230
	적법하게 잘라 낼 수 있소. 자비를 베푸시오.
	세 배의 돈을 받고 계약서를 찢게 하오.
유대인	그 취지에 따라서 값을 치른 다음에요.
	당신은 훌륭한 판관처럼 보입니다.

221행 다니엘
기원전 6세기 이스라엘의 예언자.

	법률을 알고 있고 당신의 법 해석은	235
	아주 타당했어요. 법에 의해 요청컨대	
	법에서는 당신이 대들보감이니까,	
	판결을 내리시오. 내 영혼에 맹세코	
	인간의 혀가 가진 힘으로 날 바꿔 놓지는	
	못할 거요. 난 여기서 내 계약을 고집하오.	240

안토니오   진심을 다하여 법정에 간청컨대
          판결 내려 주시오.

포서   그렇다면 이렇소.
          가슴에 칼을 받을 준비를 해야겠소.

유대인   오 고귀한 판관이여! 오 빼어난 젊은이여!

포서   왜냐하면 법을 만든 의도와 목적은   245
          여기 이 계약의 결과로 확정된 벌칙과
          완벽한 연관성을 가지고 있으니까.

유대인   사실이오. 오, 현명하고 공정한 판관이여,
          모습보다 훨씬 더 어른으로 보입니다!

포서   (안토니오에게) 그러므로 가슴을 여시오.

유대인   암, 가슴이지,   250
          계약서에 쓰였지요. 안 그렇소, 판사님?
          '심장 가장 가까이', 바로 그 문구죠.

포서   그렇소, 살덩이를 달아 볼 저울은
          여기에 있습니까?

유대인   준비해 놨습니다.

포서   의사를 부르시오, 샤일록, 본인의 부담으로,   255
          상처 막아 출혈로 이 사람이 죽지 않게.

유대인   계약서에 그렇게 지정돼 있습니까?

포서   명시되진 않았지만 그게 무슨 상관이오?
          그쯤은 자선으로 하는 게 좋을 거요.

| 유대인 | 그런 건 못 찾겠소, 계약서엔 없소이다. | 260 |

포서 (안토니오에게)
자, 상인은 무슨 할 말이라도 있습니까?

안토니오 거의 없소. 난 대비와 준비를 다 해 놨소.
자네 손을 잡아 보세, 바사니오. 잘 있게,
자네 탓에 내가 이리됐다고 슬퍼 말고.
이 경우엔 운명의 여신이 평소의 습관보다 265
더 친절하니까. 그녀의 관례는 언제나
재산 잃고 살아남은 비참한 사람이
궁핍한 노년을 퀭한 눈과 주름진 얼굴로
맞게 하는 것이지. 그렇게 불행하고
질질 끄는 고통을 나에겐 중지시켜 주었어. 270
고명한 부인에게 내 안부를 전해 주게.
이 안토니오가 최후 맞은 과정을 전하고
내가 자넬 얼마나 사랑했나 얘기하고
죽음에 든 나를 아름답게 말해 주게.
얘기가 끝나거든 부인이 판정해 보시라 해, 275
바사니오에게도 한때는 친구 있지 않았는지.
자네가 친구를 잃는다고 후회만 해 준다면
자네 빚 갚는 걸 그는 후회 않는다네.
유대인이 깊숙이 자르기만 해 주면
내 심장 다 바쳐 즉시 갚을 테니까. 280

바사니오 안토니오, 난 결혼한 아내가 있는데
그녀는 나에게 생명 그 자체만큼 소중하네.
하지만 생명 자체, 내 아내, 이 세상 모든 것도
나에겐 자네 생명 그 이상의 가치는 없다네.
자네를 구하기 위하여 여기 이 악마에게 285
그 모든 걸 내줄 거야, 암, 희생할 것이야.

포셔	그 아내가 곁에서 당신 제안 듣는다면
	고마워하지는 전혀 않을 겁니다.
그라티아노	나도 정말 사랑하는 아내를 뒀는데
	하늘 가면 좋겠소, 천사에게 애원하여	290
	이 유대인 개놈을 바꿀 수 있도록.
네리사	없는 데서 제안하기 망정이지 안 그러면
	그 소원 때문에 집안이 시끄러워질걸요.
유대인	기독교인 남편들 꼴이라니! 나도 딸이 있지만
	기독교인보다는 차라리 바라바의 후손이	295
	그 애의 남편이 되었으면 좋겠구먼.
	이건 시간 낭비요. 판결이나 속행하오.
포셔	저 상인의 살덩이 일 파운드 당신 거고
	이 법정은 그것을 수여하고 법은 준다.
유대인	최고로 올바른 판관이오!	300
포셔	또 당신은 그 살을 가슴에서 잘라야 하는데
	법은 그걸 허락하고 이 법정은 수여한다.
유대인	참 박식한 판관이오! 판결이다!

(안토니오에게) 자, 준비하라.

포셔	잠깐만 멈추시오, 다른 게 있소이다.
	계약서는 당신에게 피 한 방울 주지 않소.	305
	명시된 문구는 '살덩이 일 파운드'요.
	그러니 계약대로 살덩이 일 파운드 가지시오.
	근데 그걸 잘라 낼 때 기독교인 핏물을
	한 방울만 흘려도 당신 땅과 재물은
	베니스 국법에 의하여 베니스 정부로	310

295행 바라바
유대인들이 빌라도 총독에게 예수 대신 놓아주라고 요구했던 도적.(마가복음 15장
6-15절) 또한 크리스토퍼 말로의 극작품 『몰타의 유대인』에 등장하는 악당 주인공의 이름.
(리버사이드)

	몰수될 것이오.	
그라티아노	오 공정한 판관이여!	
	잘 봐라, 유대인아. ─ 오, 박식한 판관이여!	
유대인	그것이 법인가요?	
포서	법령을 직접 볼 것이오.	
	당신이 정의를 촉구하니 안심하오,	
	원하는 것 이상으로 정의를 얻을 테니.	315
그라티아노	오, 박식하다! 잘 봐라, 유대인아, 박식하셔.	
유대인	그럼, 이 제안을 따르겠소. 계약금의 세 배로	
	기독교인 놔주시오.	
바사니오	그 돈은 여기 있네.	
포서	잠깐만!	
	유대인은 정의만 얻을 거요. 잠깐만, 천천히,	320
	벌칙밖엔 아무것도 얻을 게 없을 거요.	
그라티아노	오, 유대인아! 공정하고 박식한 판관이셔!	
포서	그러므로 살을 자를 준비를 하시오.	
	피 흘리지 말 것이며 정확히 일 파운드	
	이상도 이하도 자르지 마시오. 정확히	325
	일 파운드 이상 또는 이하를 취했는데	
	그 수치가 하찮은 스무 낟알 무게에서	
	한 톨만큼이라도 가볍거나 무거운	
	결과가 나온다면, 아니 만약 저울이	
	머리카락 한 올의 예상치만큼만 기울어도	330
	당신은 죽을 거고 재산은 다 몰수되오.	
그라티아노	다니엘이 재림했어, 다니엘이, 유대인아!	
	이제 너 불신자를 메다꽂게 되었구나.	
포서	유대인은 왜 멈춰요? 몰수물을 가지시오.	
유대인	원금을 주시고 날 가게 해 주시오.	335

바사니오	그건 내가 준비해 놓았다, 여기 있네.
포서	공개된 법정에서 그는 그걸 거절했소.
	그는 오직 정의와 계약서만 얻을 거요.
그라티아노	다니엘, 역시나 다니엘이 재림했어!
	그 이름을 가르쳐 주어서 고맙다, 유대인아.
유대인	원금만을 받지도 못한단 말입니까?
포서	당신은 몰수물만 얻을 거요, 유대인,
	위험을 무릅쓰고 취한다는 조건으로.
유대인	그렇다면 그 돈 먹고 재수나 옴 붙으라지!
	더 이상 따지지 않겠소. (떠나려 한다.)
포서	멈추시오, 유대인.

법에 의한 또 다른 제재가 있소이다.
베니스의 법률에 규정된 바로는
외국인이 직접 또는 간접적인 시도하에
시민의 생명을 노렸음이 입증되면
그 음모의 대상이 된 당사자 쪽에서
그의 재산 절반을 압수하고 나머지 절반은
정부의 비밀 금고 안으로 들어가며
범법자의 생명은 모든 의견 다 제치고
오로지 공작 손에 달렸다고 되어 있소.
바로 그 궁지에 당신이 처했소.
왜냐하면 명백한 수순에서 드러나듯
당신은 간접적, 게다가 또 직접적으로
피고인의 다름 아닌 생명을 해치려는
음모를 계속 꾸몄으니까. 그래서 당신은
내가 앞서 언급한 위험을 초래했소.
그러니 공작의 자비를 무릎 꿇고 구하시오.

| 그라티아노 | 스스로 목을 맬 허락이나 간청해 보시지. |

베니스의 상인

하지만 재물을 국가에 몰수당했으니
밧줄 살 돈조차 남은 게 없겠군.
그러니 국비로 목을 매야 되겠어.   365

공작 우리의 영혼이 다름을 네가 알 수 있도록
목숨을 뺏는 벌은 요청 전에 사면한다.
네 재물의 절반은 안토니오의 것이고
국고로 들어가는 나머지 절반은
인정상 벌금으로 돌릴 수도 있느니라.   370

포서 예, 안토니오의 몫이 아닌 국가의 것을요.

유대인 아, 내 목숨과 모든 걸 가지시오, 가차 없이.
내 집을 받쳐 주는 기둥을 뺏어 가면
내 집을 뺏는 거고 내 삶을 지탱하는
수단을 뺏어 가면 내 목숨을 뺏는 거요.   375

포서 안토니오 당신은 어떤 자빌 베풀 거요?

그라티아노 공짜 밧줄, 그것밖엔 없지요, 제발요!

안토니오 공작님과 법정의 모든 분이 황공하게
벌금인 그의 재산 절반을 포기해 주시면
전 만족입니다. 다만 그가 나머지 절반을   380
제게 위탁했다가 그가 죽고 난 뒤에
최근에 그의 딸을 훔쳐 간 신사에게
지불할 수 있도록 해 준다면 말입니다.
그 조건은 둘인데, 우선 이 호의의 대가로
그가 곧장 기독교 신자가 될 것이며   385
또 하나는 죽었을 때 소유한 모든 것을
사위인 로렌초와 딸에게 선물한단 기록을
여기 이 법정에서 남기는 것입니다.

공작 그렇게 할 걸세, 안 그러면 내가 방금
여기에서 선고했던 사면을 취소할 테니까.   390

포셔	만족하오, 유대인? 할 말이 있습니까?
유대인	만족하오.
포셔	서기는 기증서를 작성하라.
유대인	여기를 떠날 수 있도록 허락해 주시오.
	몸이 편치 않습니다. 서류를 보내 주면
	서명하겠습니다.
공작	가라, 하지만 꼭 서명하라.

395

그라티아노	세례를 받을 때 대부가 둘일 거야.
	내가 판관이라면 열 명을 더하여 열둘로
	성수반이 아니라 교수대로 데려갔어. (유대인 퇴장)
공작	이보게, 내 집에서 저녁을 간청하네.
포셔	겸허하게 각하의 용서를 빕니다.

400

	오늘 저녁 파도바로 가야만 하는데
	지금 곧장 떠나는 게 맞을 것 같아서요.
공작	자네의 형편이 여의치 않아서 유감이네.
	안토니오, 여기 이 신사에게 후사하게.
	내 보기에 자네는 큰 빚을 졌으니까.

405

(공작과 그 일행 퇴장)

바사니오	참으로 훌륭하십니다. 저와 제 친구는
	당신의 지혜로 오늘 낮에 지독한 형벌을
	면하게 됐습니다. 그에 대한 대가로
	유대인 몫이었던 다카트 삼천을
	친절한 수고의 보답으로 흔쾌히 드립니다.

410

안토니오	그리고 그에 더해 호의와 봉사를

396행 세례
샤일록이 기독교로 개종할 때 받을 세례를
말하고, 두 대부는 공작과 안토니오를
가리킨다. (아든)

397행 열둘
배심원의 숫자. 당시에 배심원을 농담조로
'대부'라고 불렀다고 한다. (아든)

베니스의 상인

	언제나 당신에게 빚지고 있습니다.	
포서	만족한 사람은 보상을 잘 받은 셈인데	
	당신을 구해서 난 만족스럽소.	
	그러므로 보상을 잘 받았다 여깁니다.	415
	난 한 번도 돈 바라고 일하지는 않았소.	
	우리 다시 만날 땐 날 알아봐 주시오.	
	안녕히 계십시오, 그럼 이만 떠납니다.	
바사니오	보십시오, 난 부득이 더 강권해야겠소.	
	기념물을 받으시죠, 사례가 아니라	420
	감사의 표시로. 두 가지만 허락해 주시오.	
	거절하지 마실 것과 용서해 주실 것을.	
포서	재촉이 심하니 굴복하겠소이다.	
	그 장갑을 주시오, 당신 대신 낄 것이고	
	당신 호의 대신으론 그 반지를 갖겠소.	425
	손을 빼진 마시오, 더는 받지 않을 테니.	
	고맙게 여기면서 거절은 않겠지요!	
바사니오	이 반지 말입니까? 이건 별것 아닌데요.	
	창피하게 어떻게 이런 걸 드립니까!	
포서	딴건 말고 오로지 이것만 가지겠소.	430
	그리고 이제 보니 내 마음에 쏙 드네요!	
바사니오	여기엔 가격 그 이상의 뭔가가 달렸소.	
	베니스의 가장 비싼 반지를 드리리다.	
	포고령을 내려서 그것을 찾을 테니	
	제발 이 반지만은 용서해 주시구려!	435
포서	아, 제안만은 아낌없이 하는 사람이군요.	

424행 장갑

포서가 안토니오의 장갑을 요구한다는 해석과 바사니오의 장갑을 요구한다는 해석이 있다.
후자의 경우에는 그의 결혼반지가 드러나도록 만들기 위해서이다. (아든)

	내게 우선 구걸하게 가르치고 이제는	
	거지 퇴치 방법을 가르쳐 주는군요.	
바사니오	보시오, 이 반지는 아내가 준 것으로	
	이걸 끼워 줬을 때 팔지도 주지도	440
	잃지도 말라고 맹세하게 했답니다.	
포셔	많은 이가 그 핑계로 선물을 아끼지요.	
	당신의 아내가 미친 여자 아니라면	
	반지 받을 내 자격이 대단한 걸 안다면	
	그걸 내게 줬다고 영원히 원수처럼	445
	행동하진 않을 거요. 그럼 잘 지내시오.	

(포셔와 네리사 함께 퇴장)

안토니오	이보게 바사니오, 그 반지 가지게 해.	
	그의 공과 내 사랑을 합쳐서 평가하면	
	자네 아내 명령보다 더 크지 않겠나.	
바사니오	그라티아노, 달려가서 그를 따라잡게나.	450
	이 반지를 건네주고 가능하면 그분을	
	안토니오 집으로 모셔 와. 어서 가, 서둘러.	

(그라티아노 퇴장)

	자, 자네와 난 곧장 그리로 갈 것이네.	
	그리고 내일은 아침 일찍 우리 둘 다	
	벨몬트로 날아가세. 안토니오, 가자고. (함께 퇴장)	455

4막 2장

포서와 네리사 등장.

포서	유대인 집 알아내어 이 증서를 전해 주고
	서명을 하라고 해. 오늘 밤에 떠나서
	집에는 서방님들보다 하루 앞서 갈 거야.
	로렌초가 이 증서를 얼마나 환영할까!
	(그라티아노 등장.)
그라티아노	고운 양반, 다행히 따라잡게 되었군요.
	바사니오 형님께서 충고를 더 들은 뒤
	이 반지를 보냈고 저녁 식사 동행을
	간청하고 있습니다.
포서	그렇게는 안 됩니다.
	반지는 정말로 고맙게 받아들이겠으니
	그렇게 말씀드려 주시오. 한 가지 더,
	쟤에게 샤일록 노인 집을 가르쳐 주시오.
그라티아노	그렇게 하겠소.
네리사	저, 말씀드릴 게 있는데.
	(포서에게 방백)
	제 남편의 반지를 얻을 수 있는지 볼게요.
	영원히 간직토록 맹세시켰지만요.
포서	(네리사에게 방백)
	얻을 거라 장담해. 둘이서 반지 받은 사람은
	남자들이었다고 맹세깨나 하게 될걸.
	근데 우린 더 세게 노려보고 맹세하지 뭐.

5

10

15

4막 2장 장소
베니스의 길거리.

	가, 서둘러, 내가 어디 머물진 알 테니까.　　（퇴장）
네리사	자, 갑시다, 이 집 좀 가르쳐 주시겠소?　（함께 퇴장）

5막 1장

로렌초와 제시카 등장.

로렌초	달빛이 참 밝네. 이 같은 밤이었지.
	달콤한 바람이 나무에게 부드럽게 입 맞추면
	나무는 소리 없이 서 있는 이런 밤에
	트로일로스는 트로이 성벽에 올라가
	크레시다 잠자는 그리스 편 천막을 향하여　　　5
	혼 빠진 듯 한숨을 쉬었겠지.
제시카	이런 밤에
	티스베는 겁을 내며 이슬 밟고 걷다가
	사자의 그림자를 사자 앞서 보고는
	놀라서 도망을 쳤었지.
로렌초	이런 밤에
	황량한 바닷가 제방에 디도는 홀로 서서　　　10
	버들가지 잡은 손을 애인에게 흔들었지,
	카르타고 다시 찾아오라고.
제시카	이런 밤에
	메데이아는 아이손 노인을 정말로 회춘시킨
	마법의 약초를 모았었지.
로렌초	이런 밤에

5막 1장 장소
벨몬트. 포셔의 저택.

제시카는 부유한 유대인에게서 도망쳐   15
반편이 애인과 더불어 베니스를 벗어나
저 멀리 벨몬트로 달아났지.

제시카   이런 밤에
로렌초는 확실한 사랑을 맹세하며
수많은 서약으로 그녀 혼을 훔쳤는데
진실된 건 하나도 없었지.

로렌초   이런 밤에   20
어여쁜 제시카는 말괄량이 소녀처럼
애인을 욕했으나 그는 용서했었지.

제시카   아무도 안 왔으면 밤새 해도 이길 텐데.
하지만 들어 봐, 사람의 발소리야.

(전령 스테파노 등장.)

로렌초   고요한 이 밤중에 누가 이리 빨리 와요?   25
스테파노   친구요.
로렌초   친구? 어떤 친구? 친구여, 당신의 이름은?
스테파노   스테파노랍니다. 말씀 전달하겠는데
날이 밝기 이전에 마님이 벨몬트,
이곳으로 오십니다. 길을 벗어나서까지   30
도로변 성 십자에 행복한 결혼 생활
무릎 꿇고 비십니다.

10행 디도
아이네이아스를 사랑한 카르타고의 여왕.
그가 그녀를 버리고 떠나자 스스로를
불태워 죽었다.
13행 메데이아
황금의 양털을 구하러 온 이아손을 도와 준
콜키스의 공주.
　　이아손
메데이아가 마법으로 회춘시킨 이아손의
아버지.

4행 트로일로스
트로이의 왕자이며 크레시다의 연인인데,
그녀는 트로이에서 그리스 진영으로 간
뒤에 변심하여 그를 버렸다. (리버사이드)
7행 티스베
피라무스의 애인으로 『한여름 밤의
꿈』에서 보텀 일당이 이 두 사람의
비극적인 사랑을 연기한다. (리버사이드)

로렌초	누가 함께 오는가?
스테파노	은둔자 한 분과 하녀뿐이랍니다.
	주인님은 아직도 안 돌아오셨어요?
로렌초	안 오셨어, 전하신 소식도 아직 없고. 35
	하지만 제시카, 부탁인데 들어가서
	이 집안의 안주인을 위하여 우리 둘이
	환영할 준비를 깍듯이 해 보자.

　　　　　　　(광대 란슬럿 등장.)

광대	따가닥, 따가닥, 워, 워, 따가닥, 따가닥!
로렌초	누구요? 40
광대	따가닥! 로렌초 님과 로렌초 아주머님 봤어요?
	따가닥, 따가닥!
로렌초	야, 소리 그만 질러라! 여기야.
광대	따가닥! 어디요, 어디?
로렌초	여기야! 45
광대	그분께 주인님이 사자를 보내셨다고 말씀드려요.
	뿔통 속에 좋은 소식을 가득 담아서요. 주인님은
	아침 전에 이리로 오실 겁니다.　　　　(퇴장)
로렌초	여보야, 들어가서 오시기를 기다리자.
	하지만 상관없어. 왜 들어가야 하지? 50
	이보게 스테파노, 마님이 근처에 오셨다고
	집 안에 통지 좀 해 주게, 부탁하네.
	그리고 악사들을 밖으로 데려오게. (스테파노 퇴장)
	언덕 위에 잠자는 달빛은 참 아름답구나!
	우리 여기 앉아서 귓전으로 스며드는 55
	음악 소리 들어 보자. 고요한 밤에는
	아름다운 화음을 내는 게 제격이야.
	앉아, 제시카. 저것 봐, 저 하늘 마루에

황금빛 접시들이 얼마나 촘촘히 박혔는지.

보이는 천체 중에 가장 작은 것이라도   60

운행할 땐 어린 눈의 케루빔들에게

언제나 합창하며 천사처럼 노래해.

불멸의 영혼에도 그런 화음 있다지만

부패하는 이 진흙 의복이 그것을

두텁게 감싸고 있는 한 우린 듣지 못하지.   65

　　　　　(악사들 등장.)

이리 오게, 찬가로 디아나를 깨워 보게,

최고 고운 가락에 마님 귀가 열리고

음악에 이끌려 집으로 오시도록. (악사들이 연주한다.)

제시카　　고운 음악 들을 때면 난 절대 흥이 안 나.

로렌초　　네 정신이 주의를 기울이기 때문이야.   70

야생에서 뛰노는 짐승 떼를 보거나

어리고 길 안 든 수말의 무리를 지켜보면

그들은 몸속에서 피가 끓기 때문에

미친 듯 날뛰면서 힝힝 킹킹 울어 대지.

하지만 혹시라도 나팔 소릴 듣거나   75

그 어떤 곡조라도 귀에 와 닿게 되면

사나운 시선이 감미로운 음악의 힘으로

얌전한 응시로 바뀌면서 다 함께

멈춰 서는 모습을 볼 거야. 그래서 시인은

오르페우스가 나무, 돌, 강물을 움직였다 꾸몄어.   80

음악이 잠시 그 본성을 못 바꿔 놓을 만큼

무감각하거나 광란에 찬 것은 없으니까.

61행 케루빔
천사의 제2계급으로 보통 날개 있는 귀여운
어린이의 모습으로 그려진다.

64행 진흙 의복
인간의 육신.

자신의 마음속에 음악이 없거나
아름다운 화음에 무감동한 사람은
역모와 계략과 약탈에나 어울려.   85
그자의 정신은 밤처럼 둔하게 움직이고
그자의 감정은 명부처럼 시커멓지.
못 믿을 건 그런 자야. 음악을 잘 들어 봐.
(포셔와 네리사 등장.)

포셔   저기에 보이는 건 우리 집 불빛이군.
         저 작은 촛불이 참 멀리도 비치네!   90
         선행도 사악한 세상에선 저렇게 빛나지.

네리사 달빛이 있었을 땐 촛불을 못 봤어요!

포셔   큰 영광은 그처럼 작은 것의 빛을 죽여.
         대리인이 왕처럼 밝게 빛을 내다가
         진짜 왕이 나타나면 그자의 화려함은   · 95
         내륙의 시냇물이 대양에서 없어지듯
         바닥이 난단다. 음악이다, 잘 들어 봐!

네리사 마님, 집안의 마님 악사들인데요.

포셔   맥락 없이 좋은 건 아무것도 없나 봐.
         낮보다는 소리가 훨씬 곱게 들리는군.   100

네리사 고요함이 내는 효과랍니다, 마님.

포셔   외따로 있으면 까마귀도 종달새만큼이나
         감미롭게 노래하지. 그리고 내 생각에
         만약에 꾀꼬리가 거위들이 꽥꽥대는

66행 디아나
달의 여신.
79행 시인
아마도 『변신 이야기』에서 오르페우스의
신화를 얘기한 로마 시인 오비디우스를
가리키는 것 같다. (리버사이드)

80행 오르페우스
트라키아의 시인이며 악사. 죽은 아내
에우리디케를 찾아 지하 세계로 내려간
것으로 유명하다.

베니스의 상인

낮 동안에 운다면 굴뚝새에 비하여　　　　　　　105
더 나은 악사로 생각되진 않을 거야.
얼마나 많은 것이 때가 잘 맞았을 때
올바른 찬사와 진정한 완성을 얻는가!
쉿! 달님은 엔디미온 옆에서 잠자면서
깨고 싶지 않은가 봐.　　　　　(음악이 멈춘다.)

로렌초　　　　　　　　저기 저 목소리는　　　　　　110
큰 착각이 아니라면 포셔 마님 것이야.

포셔　　장님이 뻐꾸기 알아보듯 날 알아보았어,
불쾌한 목소리로!

로렌초　　　　　　　　마님 어서 오십시오.

포셔　　우리가 기도한 건 남편들의 안녕인데
기도 덕에 희망컨대 더 좋아지셨겠지.　　　　　115
돌아들 오셨어?

로렌초　　　　　　　　아직은 아닙니다, 마님.
하지만 오신다고 좀 전에 사자가
알리러 왔습니다.

포셔　　　　　　　　들어가자, 네리사.
명령을 내려서 하인들이 우리가 여기에
없었다는 사실을 전혀 주목 않도록 해,　　　　　120
로렌초도 않도록. 제시카도 마찬가지.
　　　　　　　　　　　　　　　(화려한 나팔 소리)

로렌초　　서방님이 오셨어요, 그분의 트럼펫입니다.
고자질 않겠으니 걱정하지 마십시오.

포셔　　이 밤은 햇빛이 그저 병이 든 것 같아.

109행 엔디미온

달의 여신 디아나가 사랑한 목동. 그녀는 그를 라트모스 산에 있는 동굴 속에서 영원히
잠들게 만들었다. (리버사이드)

좀 창백해 보이네. 지금은 낮인데
해님이 가려진 그런 날의 낮이야.
(바사니오, 안토니오, 그라티아노 및
　　그들의 종자들 등장.)

바사니오　해님이 없을 때 당신이 걷는다면
　　　　　우리는 대척지 사람들의 낮을 맞을 것이오.

포서　　　제가 빛은 주지만 마음은 안 줄래요.
　　　　　아내 맘이 헤프면 남편이 비참해지는데　　　　130
　　　　　당신에게 그런 일은 절대 없을 거예요.
　　　　　하지만 다 신께 맡기고, 잘 돌아오셨어요.

바사니오　고맙소, 부인. 이 친구를 환영해 주시오.
　　　　　바로 이 사람이 안토니오랍니다.
　　　　　그에게 난 무한한 빚을 지고 있지요.　　　　135

포서　　　소문엔 이분이 당신 위해 큰 빚을 지셨다니
　　　　　당신은 이분께 전적으로 큰 빚을 지셨네요.

안토니오　깨끗이 청산된 것 이상은 없습니다.

포서　　　저희 집으로 정말 잘 오셨어요.
　　　　　환영을 말로만 표하면 안 되니까　　　　　140
　　　　　입에 발린 예의는 이만 줄이겠습니다.

그라티아노　(네리사에게) 저 달님에 맹세코, 내게 잘못하고 있어,
　　　　　진심이야, 재판관의 서기에게 줬다니까.
　　　　　나로선 그 친구가 거세라도 됐으면 좋겠네,
　　　　　당신이 그 일에 너무 신경 쓰니까.　　　　　145

포서　　　아, 벌써부터 싸움을! 뭘 가지고 그러지?

그라티아노　금 고리 가지고요, 별것 아닌 반진데

───────────────

127~128행 해님이 … 것이오
포서 당신이 어두운 데서 걷는다면 우리는 지금 당신이 내는 강한 빛 때문에 지구 반대편
사람들처럼 낮을 맞게 될 것이오.

베니스의 상인

아내가 준 것으로 거기 새긴 시구는
원 세상에, 칼 장수가 칼 위에 새기듯이
'사랑해 주세요, 버리진 마시고'였답니다. 150

네리사   시구나 가치 얘긴 왜 하는 거예요?
드렸을 때 당신은 맹세를 했잖아요.
죽음의 시각까지 끼고 있을 거라고
당신의 무덤 속에 같이 누울 거라고.
저 말고 당신의 맹렬했던 맹세 때문에라도 155
신중히 간직해야 했을 거란 말이에요.
재판관의 서기에게 줬다고요! 벼락 맞지,
그걸 가진 서기 턱엔 절대 털이 안 나겠죠.

그라티아노   날 거야, 그가 자라 어른이 된다면.

네리사   예, 여자가 자라서 남자가 된다면요. 160

그라티아노   자, 이 손에 맹세코 소년에게 줬는데
애라고, 조그맣고 자라다 만 애였는데
당신보다 크지 않은 재판관의 서기였어.
보수로 달라고 지절대며 조르는 애였다고.
마음에 걸려서 거절할 수 없었어. 165

포서   솔직히 말하자면 책망 듣게 되었네.
아내의 첫 선물을 그리도 가볍게 내놓다니,
서약으로 자네의 손가락에 꼭 끼워 준
믿음으로 자네 살에 꽉 박혔던 물건을.
나 또한 서방님께 반지를 드렸고 맹세코 170
절대 빼지 마시라 했는데, 여기 서 계셔요.
내 감히 맹세컨대 세상 재물 다 준대도
이이는 절대 그걸 버리지도 뽑지도
않으실 거예요. 자, 정말로 그라티아노,
자네는 아내에게 너무나 가혹한 슬픔의 175

	원인을 제공했고 나라도 화났을 거라네.
바사니오	(방백) 허, 이 왼손을 잘라 내고 반지를 지키려다
	그것을 잃었다고 맹세하는 게 최고야.
그라티아노	바사니오 형님도 반지 달라 애걸하던
	정말이지 받을 자격 있었던 판관에게
	그걸 줘 버리셨죠. 그런데 그분의 서기 애가
	글 쓰는 고생 좀 했는데, 제 걸 애걸했어요.
	주인도 하인도 두 반지 빼고는 아무것도
	안 받겠다 했답니다.
포서	여보, 무슨 반지 줬어요?
	바라건대 제게서 받으신 건 아니겠죠.
바사니오	실수에 거짓말을 더할 수만 있다면
	부정하고 싶지만 보다시피 그 반지는
	내 손가락 위에는 없답니다, 사라졌소.
포서	당신의 가짜 진심, 그것처럼 비었어요.
	맹세코, 그 반지를 볼 때까진 절대로
	당신 곁에 안 누워요.
네리사	저도 제 걸 볼 때까진
	당신 곁에 안 누워요!
바사니오	사랑하는 포서여,
	내가 그 반지를 누구에게 줬는지 안다면
	그 반지를 누굴 위해 줬는지 안다면
	그 반지를 뭣 때문에 줬는지 그리고
	그 반지 말고는 아무것도 안 받을 때
	그 반지를 얼마나 마지못해 뺏는지 납득하면
	당신의 노여움은 강도가 줄어들 겁니다.
포서	당신이 그 반지의 효험을 알았거나
	그 반지를 준 여자의 가치의 절반 또는

180

185

190

195

200

그 반지를 지켜야 할 자신의 명예를 알았다면
그 반지를 포기하진 않았을 거예요.
그렇게 부당한 인간이 세상에 어딨어요?
당신이 그 어떤 열성적인 말로든
기꺼이 변호만 했더라도 예물로 지닌 것을   205
강요할 만큼이나 염치가 없다니요.
네리사가 뭘 믿을지 가르침을 주네요.
목숨 걸고 그 반지는 여자가 가졌어요!

바사니오   내 명예를 걸고서 아니오. 영혼에 맹세코
여자는 아니고 어떤 민법 박사가 가졌소.   210
그는 나의 다카트, 삼천을 거절하고
그 반지를 달라고 했는데 난 분명 거부했고
내 귀한 친구의 생명을 보전해 준
바로 그 사람을 기분 나쁜 상태로
떠나가게 했었소. 여보, 어떻게 말할까요?   215
난 그걸 할 수 없이 뒤따라 보내 줬소.
차오르는 수치심과 예절로 인하여
배은으로 내 명예를 그렇게 더럽힐 순
없었기 때문이오. 용서해 주시오, 착한 부인.
축복받은 저 밤의 촛불들에 맹세코   220
당신이 거기에 있었어도 그 박사님에게
내 반지를 애걸해서 주려고 했을 거요.

포서   그 박사를 우리 집 근처에 못 오게 하세요!
저를 위해 지키겠단 맹세를 하셨건만
아끼던 제 보석을 그 사람이 가졌으니   225
저 또한 당신처럼 너그러울 거예요.
그에겐 아무것도 거절하지 않겠어요.
제 몸과 남편의 침대까지 말입니다.

	전 그와 잘 거예요, 확신하는 바예요.
	외박은 하루도 안 됩니다. 아르고스처럼	230
	저를 감시하세요. 안 그러고 혼자 두면
	제 순결에 걸고서, 아직은 제 것인데
	그 박사를 제 침대의 짝으로 삼겠어요.
네리사	저도 그 서기와 짝할 테니 조심해요,
	저 혼자 방어하게 버려두지 말라고요.	235
그라티아노	잘해 봐, 그자가 내 손에 안 잡히게.
	잡히면 그 서기의 펜대를 분지를 테니까.
안토니오	제가 이 싸움의 불행한 원인이오.
포서	속상해하진 마셔요. 아무튼 잘 오셨어요.
바사니오	여보, 강요당한 잘못을 용서해 주시오.	240
	그리고 여기 많은 친구들이 듣는 데서
	당신에게 맹세하오, 나 자신을 담고 있는
	아름다운 그 두 눈에 ―
포서	저 말 잘 들었죠!
	제 눈에서 자신을 이중으로 보신대요,
	한 눈에 하나씩. 이중의 자신 두고 맹세해요,	245
	그러면 믿음직한 서약이죠!
바사니오	아니, 들어 봐요.
	이번 잘못 용서하오, 그럼 내 영혼 걸고
	절대로 당신 서약 다시 깨진 않으리다.
안토니오	그의 행복 바라면서 제 몸 한 번 꿔 줬는데
	그것은 남편 반지 가져간 사람이 없었다면	250
	파멸됐을 것이오. 남편이 신뢰를 고의로는
	절대 깨지 않을 거란 약속을, 위반할 땐
	제 영혼을 걸고서 제가 감히 다시 하죠.
포서	그러면 당신을 담보로 잡겠어요. 이걸 주고

	(안토니오에게 반지를 주면서)	
	먼저 것보다도 더 잘 지키라고 하세요.	255
안토니오	자, 바사니오, 이 반지 지킬 것을 맹세하게.	
바사니오	맹세코, 박사에게 준 것과 꼭 같잖아!	
포서	그에게서 얻었어요. 용서해요, 서방님,	
	이 반지로 그 박사가 저와 함께 잤으니까.	
네리사	그라티아노 당신도 용서해 주세요,	260
	자라다 만 그 박사 서기 애가 말이에요,	
	이걸 놓고 (그라티아노에게 반지를 보여 주면서)	
	간밤에 저와 함께 잤으니까.	
그라티아노	아니 이건 우리가 소도 잃지 않았는데	
	외양간을 고치는 게 아니고 무엇이야!	
	허, 우리가 이유 없이 오쟁이를 진 겁니까?	265
포서	야한 말은 말게나. 모두들 놀라셨죠.	
	여기 있는 편지를 시간 날 때 읽어 봐요.	
	파도바의 벨라리오에게서 온 겁니다.	
	거기 보면 포서는 박사이고 저쪽의 네리사는	
	서기란 걸 알 거예요. 여기 있는 로렌초가	270
	당신들만큼이나 제가 빨리 길 떠났고	
	방금 돌아왔음을 증언할 거예요. 전 아직도	
	집에 들지 않았어요. 안토니오 씨, 잘 오셨고	
	전 당신의 기대보다 더 나은 소식을	
	가져왔답니다. 이 편지를 곧 뜯어 보시면	275
	당신의 큰 상선 세 척이 갑자기 항구로	
	부자처럼 돌아온 사실을 알 거예요.	

230행 아르고스

백 개의 눈을 가진 신화적인 괴물. 헤라는 이 괴물에게 제우스가 건드린 미녀 이오를
감시토록 하였다.

제가 이 편지를 얻게 된 이상한 우연은
모르실 테고요.

안토니오 　　　　　말문이 막힙니다!

바사니오 당신이 그 박사였고 내가 몰라봤다고요?　　　280

그라티아노 당신이 날 오쟁이 지우려 한 그 서기야?

네리사 예, 하지만 그 서기는 그럴 뜻이 없어요.
남자가 될 때까지 살아 있지 않는 한.

바사니오 박사님을 제 침대의 짝으로 삼겠어요.
제가 없는 동안에는 제 아내와 주무세요.　　　285

안토니오 부인께선 저에게 생명과 재산을 주셨어요.
여기에는 분명히 제 배들이 안전하게
정박을 했다니까.

포셔 　　　　　잘 있었어, 로렌초?
이 서기가 자네에게 줄 위안도 가져왔네.

네리사 그럼요, 수고비도 안 받고 줄 겁니다.　　　290
유대인 부자가 죽었을 때 소유한 모든 것을
자신의 사망 후에 당신과 제시카 둘에게
특별히 증여하는 문서가 여깄어요.

　　　　　　　　　(로렌초에게 문서를 준다.)

로렌초 부인들께서는 굶주린 사람들의 길 위에
만나를 내리셨습니다.

포셔 　　　　　아침이 다 됐지만　　　295
아직도 이런저런 사건들에 대하여 완전히
만족을 못 하신 게 분명해요. 들어가요,
안에서 우리에게 심문 절차 밟으시면
모든 것에 충실히 대답할 것입니다.

그라티아노 그러시죠. 네리사가 맹세하고 대답할　　　300
첫 번째 심문은 아침이 두 시간 뒤인데

다음 날 저녁까지 기다릴 것이냐

아니면 지금 자러 갈 것이냐, 그겁니다.

하지만 아침이 오더라도 박사님의 서기와

드러누울 때까진 캄캄하면 좋겠네요.   305

음, 네리사의 둥근 반지 잘 지키는 일보다

더 크게 근심할 일 제 일생에 없겠지요. (함께 퇴장)

295행 만나
광야를 지나는 이스라엘인들에게 하느님이
내려 주신 음식이다. (출애굽기 16장
14-36절)

306행 반지
여기에서는 여성 성기를 빗대는 말.

작품 해설
슬기로운 포셔

윌리엄 셰익스피어(1564~1616)는 『실수 희극』(1592~1594)을 시작으로 『잣대엔 잣대로』(1604)까지 총 열세 편의 희극을 썼다. 그 가운데 여기에 모인 다섯 편은—『한여름 밤의 꿈』(1595~1596), 『베니스의 상인』(1596~1597), 『좋으실 대로』(1599), 『십이야』(1601~1602), 『헛소문에 큰 소동』(1598~1599)—소위 명작이라 불리는 작품들이다. 이들 희극은 그 내용이 다양하여 한마디로 정의하기는 어렵다. 그러나 이들이 희극으로 분류되는 이유는 적어도 두 가지 공통 요소를 갖추고 있기 때문이다. 우선 우리 관객이나 독자들에게 전체적으로 슬픔보다는 기쁨, 울음보다는 웃음을 준다. 그 웃음의 성격이 밝고 순수할 수도 있고 조소나 실소에 가까울 수도 있지만 어쨌든 우리를 심각한 슬픔에 빠뜨리거나 울게 하지는 않는다. 둘째, 극의 시작은 비록 심각하거나 비극적일 수 있어도 그런 갈등은 결국 화합에 이르고 행복하게 마무리된다. 적어도 주인공이나 중요한 인물이 죽는 일은 없고 그 대신 화합의 상징인 결혼이 있다. 이것이 여기에 모인 셰익스피어의 다섯 극작품이 희극이란 장르로 묶여 있는 까닭이다. 그러면 이제부터 『베니스의 상인』을 희극의 두 핵심 요소 가운데 하나인 결혼이라는 공통분모를 통하여 간략하게 소개해 보기로 하자.

1

『베니스의 상인』에서도 『한여름 밤의 꿈』에서처럼 세 쌍의 남녀가 결혼한다. 그들은 각각 벨몬트의 포셔와 베니스의 바사니오, 포셔의 시녀 네리사와 바사니오의 친구 그라티아노, 그리고 샤일록의 딸 제시카와 바사니오의 친구 로렌초이다. 이 셋 가운데 가장 중요한 쌍은 포셔와 바사니오이고 그들의 결혼과 거기에 이르는 과정에 이 희극의 주요 사건과 핵심 주제(사랑)가 모두 드러난다. 좀 더 구체적으로 이 두 사람의 결혼은 바사니오가 극의 중간 지점에서 포셔를 얻을 수 있는 올바른 궤를 선택했을 때 올린 예식을 통해 형식적으로 성립되지만 바로 초야를 치르는 것으로 완성되지는 않는다. 결혼의 기쁨을 온전히 자기 것으로 만들기 위해 포셔는 두 가지 난제를 먼저 해결해야 하기 때문이다. 그 둘은 자기 남편 바사니오와 그의 친구 안토니오를 단단히 묶어 놓은 우정과, 안토니오를 향하지만 우정과 돈 때문에 바사니오와도 뗄 수 없는 샤일록의 미움의 문제이다. 그리고 이 우정과 미움은 안토니오가 바사니오의 구애 자금으로 샤일록에게 빌린 돈을 매개로 단단히 얽혀 있다. 따라서 『베니스의 상인』은 포셔가 자신의 사랑을 방해하는 이 두 가지 감정의 주체들을 요리하는 이야기로 요약될 수 있다. 어떻게, 얼마나 만족스럽게 잘하는지는 독자에 따라 다르게 판단하겠지만 말이다.

극은 우정과 미움의 두 주체 가운데 하나인 안토니오로부터 시작된다. 더 구체적으로는 안토니오가 자신의 원인 모를 슬픔을 토로하는 데에서 시작된다. 그는 두 친구, 살라리노와 솔라니오에게 "난 정말 왜 이렇게 슬픈지 모르겠네"(1.1.1)라고 하면서 자기가 이런 상태에 어찌 빠졌는지, 그 원인이나 내용을 전혀 알 수 없다고 말한다. 이에 그의 두 친구는 그의 슬픔이 그가 교역하는 상품 걱정이나 사랑 때문이라고 단정 짓지만 안토니오는 그런 것들은 진짜 이유가 아니라고 부인한다. 그래서 결국 솔라니오는 "그렇다면 즐겁지 않아서/슬프다고 해 두지."(1.1.48~49)라는 말로 이 이 논란을 끝내고 안토니오도 그런 결론에 동의하는 것처럼 보인다. 왜냐하면 곧이어 바사니오가 등장하고 안토니오의 관심은 바사니오가 구애 계획을 밝힌 포셔에게로 옮겨 가며, 이후로는 같은 문제를 다시 제기하거나 어디에서도 그에 대한 답을 내놓지 않기 때문이다.

2

안토니오의 이 근거 없는 슬픔은 이 희극의 주제인 사랑과 관련해 두 가지 중요한 의미를 가진다. 그것은 우선 그가 바사니오와의 우정에 삶의 전부를 거는 원인이 된다. 안토니오에게 이 바닥 모를 블랙홀과 같은 슬픔을 메우거나 극복할 수 있는, 그래서 현재의 삶에서 약간의 의미나 희망을 찾을 수 있는 유일한 방법은 바사니오와 주고받는 우정에 기대는 것뿐이다. 그래서 그는 샤일록과 자기 살 한 파운드를 담보로 하는 계약서에 흔쾌히 서명한다. 그 계약을 못 지킬 가능성은 거의 없지만 그래도 터무니없이 위험하게 목숨을 거는 조항에 기꺼이 동의한다. 그래서 그는 포셔를 향해 벨몬트로 떠나는 바사니오와의 이별을 처절하게 아쉬워한다. "눈물이 그득한 채/얼굴을 돌리고 그의 등을 감싸 안고/놀랍도록 뚜렷한 애정을 보이면서."(2.8.46~48) 그래서 그는 샤일록의 칼날을 앞에 두고서도 "유대인이 깊숙이 자르기만 해 주면/내 심장 다 바쳐 즉시"(4.1.279~280) 바사니오의 빚을 갚겠다고 말한다. 이처럼 안토니오의 까닭 없는 슬픔은 그가 바사니오에게 보이는 우정에 맹목적인 절대성을 부여한다.

둘째, 안토니오가 자신이 슬픈 이유를 모른다는 사실은 포셔에게 그를 자기 남편 바사니오에게서 떼어 놓을 방법을 암시한다. 그것이 바로 그녀가 사용한 결혼반지 계책이다. 베니스의 재판 장면에서 포셔는 남자 민법 박사 발타자르로 변장한 채 샤일록의 칼날에 죽을 수밖에 없었던 안토니오의 목숨을 구해 준다. 그런 다음 바사니오가 내민 삼천 다카트의 보상비를 한 푼도 받지 않고 떠나려 한다. 하지만 그럴 수는 없다면서 보답을 강권하는 바사니오의 요청에 그녀는 바사니오가 끼고 있는 자신의 결혼반지를 요구한다. 차마 그것을 내어 줄 수 없었던 바사니오는 포셔를 그냥 보내지만 안토니오의 다음 말을 듣고서는 마음을 바꾼다. "이보게 바사니오, 그 반지 가지게 해./그의 공과 내 사랑을 합쳐서 평가하면/자네 아내 명령보다 더 크지 않겠나."(4.1.448~450)

이때 바사니오가 안토니오의 말을 따른다는 것은 그들의 우정이 그가 포셔와 맺은 사랑의 약속에 우선함을 인정한다는 뜻이다. 심부름꾼 그라티아노로부터 자신의 반지를 건네받은 포셔는 이 사실을 눈치채고 대책을 세운다. 아니, 어쩌면 포셔는 이 시점보다 한참 전에 두 남자의 '의심스러운' 관계를 알아채고 그 처리 방안을 모색했는지도 모른다. 그렇다면 그것은 바사니오가 3막 2장에서 포셔 아버지의 수수께끼를 알아맞히고 포셔와의 결혼에 성공한 직후 베니스로부터 안토니오의 파산 소식과 함께 그의 편지 내용을 직접 들었을 때였을 것이다. 안토니오는 그 편지에서 자기의 친애하는 바사니오에게, 자기 배는 모조리 유실됐고 빚쟁이들은 잔인해졌으며 재산은 바닥이 났고 유대인과의 계약은 파기되어 목숨을 부지할 수 없게 되었다고 하면서 이 소식을 듣고 "사랑의 재촉을 받는다면 모를까 내 편지 때문에 오진 말게."(3.2.320~321)라고 말한다. 이때 두 사람의 '위험한' 관계를 직감한 포셔는 이 우정이 자신의 사랑과 결혼에 보통 위협이 아니며 특단의 조치가 없으면 해결하기 어렵다고 판단하여 바로 베니스행을 준비했다고 할 수 있다. 민법 박사로 변장하여 재판정에 설 계획과 함께 말이다. 결혼반지 계책이 처음부터 포셔의 마음속에 있었는지 아니면 임기응변으로 떠올랐는지는 누구도 모른다. 그러나 어느 쪽이든 포셔의 선견지명과 임기응변 능력은 의심의 여지가 없다. 그리고 그녀는 극의 결말에서 남편의 사랑을 안토니오의 우정으로부터 분리하여 홀로 차지한다.

3

포셔가 이렇게 안토니오의 우정의 문제점을 재빨리 알아채고 그 해결책을 마련할 수 있었던 이유는 그녀가 인간성의 본질을, 특히 인간의 다양한 감정을 즉각적으로 파악하는 데 탁월한 능력을 지니고 있기 때문이다. 이는 포셔가 처음으로 등장하는 1막 2장에서 바로 드러난다. 여기에서 포셔는 자기 시녀에게 "진짜야 네리사, 이 작은 몸은 이 커다란 세상이 지겨워."(1.2.1~2)라고 말한다. 그런 다음 네리사의 반응을 듣는다. "그러실 테죠, 아씨의 불운이 아씨의 행운만큼이나 충만하다면요."(1.2.3~4) 즉 '행운이 넘쳐 별 호사스러운 생각을 다하십니다. 중용을 지키고 만족하세요.' 이런 말인 셈이다. 포셔는 네리사의 말귀를 금방 알아듣는다. 아버지로부터 막대한 유산을 물려받은 자신이 이 세상을 지겨워할 이유는 사실 없다. 그러나 포셔가 지겹다고 한 진짜 이유는 곧 밝혀지지만, 아버지가 정해 놓은 구혼자 선택 조건을 자신의 뜻과 상관없이 무조건 따라야 한다는 사실과 지금까지 자기 맘에 드는 남자가 나타나지 않았다는 사실에 있다. 그녀는 이를 잘 알기 때문에 그 운명의 남자가 등장할 때까지 자신의 무료함을 달래기 위해 농담조로 이 세상이 지겹다고 했던 것이다.

우리가 이렇게 포셔의 마음을 해석할 수 있는 근거는 곧이어 그녀가 보여 주는 구혼자들에 대한 정확하고도 익살스러운 촌평에 있다. 자기 말에게 스스로 편자를 신길 수 있다는 점을 무척 자랑스러워하는 나폴리 왕자, 찌푸리기밖에 하는 일이 없어서 앞으로 울보 철학자가 될까 봐 염려스러운 팔라틴 백작, 개똥지빠귀가 울면 곧바로 깡충깡충 뛰고 자기 그림자와도 칼싸움을 벌이는 프랑스 귀족 르봉 씨를 비롯한 이들 구혼자들의 명단은 길다.(1.2.37~89) 하지만 그것이 길게만 느껴지지 않는 까닭은 포셔의 재미있고도 정곡을 찌르는 설명 때문이다.

포셔의 이런 인간성 파악 능력은 이 장면에 국한되어 드러나는 것은 아니다. 그것은 바사니오가 바른 궤를 택했을 때 그 순간을 기다리던 그녀가 말한 방백에서 그녀가 자신의 감정을 얼마나 정확하게 파악하고 격정을 얼마나 절제할 수 있는지 보여 준다.

> 미심쩍은 생각과 성급히 껴안은 절망과
> 치 떨리는 두려움과 푸른 눈의 질투 같은
> 다른 모든 감정들은 허공으로 사라졌다.
> 오, 사랑이여, 적당히 와 다오, 황홀감은 약하게
> 기쁨은 알맞게 내리고 이 넘침은 줄여 다오.
> 네 축복이 너무 커서 물릴까 봐 걱정되니
> 적게 만들어 다오. (3.2.107~113)

포셔의 이런 감정 이해력과 절제력은 안토니오의 우정뿐만 아니라 그를 해치려는 샤일록의 미움을 퇴치하는 데에도 결정적인 역할을 한다. 샤일록은 일찌감치 안토니오에 대한 미움과 복수심을 밝힌다. 자신에게 삼천 다카트를 빌리러 온 바사니오와 계약 조건을 따져 보던 중 나타난 안토니오를 보고 샤일록은 그의 적개심을 방백으로 밝힌다. "난 저 자를 미워해, 기독교인이니까./더군다나 저자가 비굴하게 바보같이/공짜로 돈을 꿔 주니까 베니스시에서/우리의 고리대가 낮아진단 말씀이야."(1.3.39~42) 여기에서 샤일록이 밝히는 그의 적개심은 종교적 이유와 경제적 이유에 뿌리를 두고 있다. 그는 이렇게 믿고 있고 그 사실을 나중에 여러 번 공공연히 밝힌다. 그러나 4막 1장 재판 장면에서 샤일록은 그 원인에 대해 좀 다른 말을 한다. 그는 왜 안토니오 상인의 살 한 파운드를 고집하느냐는 공작의 질문에 호오에 따라 요동치는 자신의 정서(4.1.49~51) 때문이며, 나아가 그가 안토니오에게 품은 "뿌리 깊은 증오와/모종의 혐오감" 외에 다른 이유는 없고 또 밝히지도 않을 것이라고(4.1.58~61) 말한다. 이는 그가 지금 공적인 재판정에서 많은 사람이 지켜보고 있는 가운데 실행에 옮기고자 하는 계획 살인을 정당화시킬 수 있는 그 어떤 명분도—미움 외에는—댈 수 없다는 말과 다름없다. 다시 말하면 그는 지금 자기가 하려는 행동의 진정한 의미를 모른다고 할 수 있다. 물론 공공 재판정에서 '살인'의 의도를 떳떳이 입 밖으로 낼 수 없어서 그랬을 수는 있다. 하지만 복수에 과도하게 집착한 나머지 이성을 잃었다고 해석하는 편이 좀 더 진실에 가까울 것이다. 이때 샤일록은 자신이 왜 슬픈지 모르는 안토니오처럼 자신의 미움이 자기를 어디로 끌고 가는지 모르는 무지 상태에 빠져 있다. 그는 또한 포셔와 달리 감정의 절제도 모른다.

4

포셔는 샤일록의 바로 이런 맹목적인 미움과 그로 인한 무지를 역이용한다. 포셔는 우선 샤일록에게 자비를 베풀 것을 요청한다. 그가 복수에 눈이 멀었기 때문에 그녀의 호소는 들리지 않을 것이라는 점을 잘 알면서. 그런 다음 원금의 세 배를 받고 피고를 풀어 줄 것을 권고한다. 그리고 마지막으로 피고가 출혈로 죽지 않게끔 의사를 부를 것을 제안한다. 이 모든 제안은 샤일록이 만약 제정신이었다면, 자비심은 없지만 이성이라도 남아 있었더라면 그의 가슴이나 머리에 가 닿았을 것이고 파국은 면할 수 있었을 것이다. 사실 포셔가 극적인 반전에 이용한 "피 한 방울"은 그녀의 마지막 제안에, 피고의 피를 막아 줄 의사를 부르자는 제의에 암시되어 있었다. 그러나 계약서만 외친 샤일록은 하찮을 수도 있는 피 한 방울의 함정에 빠져 모든 것을 그르친다.

이렇게 샤일록의 미움을 제압한 포셔는 안토니오와의 관계에서 결정적인 우위를 확보하게 되었고 우리가 보았듯이 결혼반지 계책을 통하여 드디어 그를 남편 바사니오에게서 깨끗이 떼어 놓는 데 성공한다. 왜냐하면 극의 말미에서 안토니오는 다시 한번 자기 몸을 저당 잡히면서 친구 바사니오가 포셔로부터 회수한 반지를 다시는 빼지 않을 것이라고 보증하기 때문이다. 게다가 유실된 줄 알았던 자기 상선들이 무사히 돌아왔다는 소식을 포셔에게 들었으니 어떻게 자신의 우정을 빌미로 바사니오에게 다시 접근할 수 있겠는가.

포셔가 이렇게 사랑의 두 장애물을 처리하는 과정에서 관객은 상당한 기쁨과 웃음을 선사받는다. 그녀의 기지와 해학은 우리를 즐겁게 하고, 유산 많고 아름다운 데다 놀라운 미덕을 갖춘 그녀가 절제와 중용의 미덕까지 보일 때 우리는 그녀의 성품에 매료될 수밖에 없다. 게다가 남장 여인의 모습으로 재판정에서 의외의 판결로 사태를 반전시켰을 때는 통쾌한 놀라움을 금할 수 없다. 그러나 우리의 웃음은 샤일록과 관련되었을 때, 특히 재판 장면에서 그라티아노가 욕설을 퍼부을 때, 그리고 샤일록이 살인 미수죄로 처벌받아 재산을 다 뺏기고 개종을 강요당했을 때는 그 의미가 달라질 수밖에 없다. 왜냐하면 샤일록의 미움은 우리 모두가 공감하는 유대인 박해에 상당한 근거를 두고 있기에, 그리고 그의 강제 개종 또한 포셔가 설파했던 자비의 원칙에 어긋나는 처사이기에 우리는 그를 동정하기 때문이다. 만약 이 희극에서 샤일록의 억울함을, 그래서 그가 범하려던 악행의 정당성을 강조한다면 그 분위기는 상당히 어두워질 것이다. 게다가 아버지를 버리고 그의 집을 지옥으로 여기면서 그의 재산을 가지고 애인과 함께 달아난 제시카의 불효막심한 행동까지 강조하면 더더욱 그럴 것이다. 그러나 전체적으로 이 극은 포셔가 사랑의 장애물을 극복하고 행복한 결혼으로 마무리된다는 점에서, 그리고 그 과정에서 상당한 즐거움과 웃음을 준다는 점에서 희극으로 분류하는 데에 별문제가 없다.

이번 번역은 존 러셀 브라운(John Russell Brown) 편집의 아든(The Arden Shakespeare) 판 『베니스의 상인(The Merchant of Venice)』을 기본으로 하고, G. 블레이크모어 에번스(G. Blakemore Evans) 편집의 리버사이드 셰익스피어(The Riverside Shakespeare) 판과 묄린 머천트(Moelwyn Merchant) 편집의 뉴펭귄(New Penguin Shakespeare) 판을 참조하였다. 그리고 새로 출판된 존 드라카키스(John Drakakis) 편집의 아든 총서 3판 『베니스의 상인(The Merchant of Venice)』도 참조하였다.

작가 연보

1564년	아버지 존 셰익스피어와 어머니 메리 아든의 장남으로 스트랫퍼드어폰에이번에서 태어남. 4월 26일 세례 받음.
1582년	11월 여덟 살 연상의 앤 해서웨이와 결혼.
1583년	딸 수재너 태어남. 5월 26일 세례 받음.
1585년	아들 햄닛과 딸 주디스(쌍둥이) 태어남. 2월 2일 세례 받음.
1588-1589년	런던에서 최초의 극작품들이 공연됨.
1588-1590년	식구들을 두고 런던으로 감.
1590-1591년	3부작 『헨리 6세 (Henry VI)』.
1592-1594년	시집 『비너스와 아도니스 (Venus and Adonis)』, 『루크리스의 강간 (The Rape of Lucrece)』 출간. 두 시집 모두 사우샘프턴 백작에게 헌정. 로드 체임벌린스 멘 극단의 주주가 됨. 『리처드 3세 (Richard III)』, 『실수 희극 (The Comedy of Errors)』, 『티투스 안드로니쿠스 (Titus Andronicus)』, 『말괄량이 길들이기 (The Taming of the Shrew)』,

	『베로나의 두 신사 (The Two Gentlemen of Verona)』.
1595 - 1597년	『사랑의 수고는 수포로 (Love's Labour's Lost)』, 『존 왕 (King John)』, 『리처드 2세 (Richard II)』, 『로미오와 줄리엣 (Romeo and Juliet)』, 『한여름 밤의 꿈 (A Midsummer Night's Dream)』, 『베니스의 상인 (The Merchant of Venice)』, 『헨리 4세 1부 (Henry IV, Part 1)』, 『윈저의 즐거운 아낙네들 (The Merry Wives of Windsor)』.
1596년	아들 햄닛 사망. 부친의 문장을 사용하는 것을 허가받음.
1597년	스트랫퍼드에서 뉴 플레이스 저택 구입.
1598 - 1599년	『헨리 4세 2부 (Henry IV, Part 2)』, 『헛소문에 큰 소동 (Much Ado About Nothing)』, 『헨리 5세 (Henry V)』, 『줄리어스 시저 (Julius Caesar)』, 『좋으실 대로 (As You Like It)』. 셰익스피어의 극단이 새로운 글로브 극장으로 옮겨 감.
1600년	『햄릿 (Hamlet)』.
1601 - 1602년	시집 『불사조와 산비둘기 (The Phoenix and the Turtle)』 출간. 『십이야 (Twelfth Night, or What You Will)』,

	『트로일로스와 크레시다 (Troilus and Cressida)』, 『끝이 좋으면 다 좋다 (All's Well That Ends Well)』.
1601년	부친 사망. 9월 8일 장례.
1603년	엘리자베스 여왕 사망. 스코틀랜드의 제임스 6세가 영국의 제임스 1세가 됨. 셰익스피어의 극단이 킹스 멘이 됨.
1604년	『잣대엔 잣대로 (Measure for Measure)』, 『오셀로 (Othello)』.
1605년	『리어 왕 (King Lear)』.
1606년	『맥베스 (Macbeth)』, 『안토니와 클레오파트라 (Antony and Cleopatra)』.
1607년	6월 5일 딸 수재너 결혼.
1607 - 1608년	『코리올레이너스 (Coriolanus)』, 『아테네의 티몬 (Timon of Athens)』, 『페리클레스 (Pericles)』.
1608년	모친 사망. 9월 9일 장례.
1609 - 1610년	『심벌린 (Cymbeline)』, 『겨울 이야기 (The Winter's Tale)』. 『소네트 (Sonnets)』 출간.

셰익스피어의 극단이 블랙프라이어스 극장을 매입.

1611년	『태풍(The Tempest)』. 스트랫퍼드로 은퇴.
1612‒1613년	『헨리 8세(Henry VIII)』, 『카르데니오(Cardenio)』, 『두 귀족 친척(The Two Noble Kinsman)』.
1616년	2월 10일 딸 주디스 결혼. 스트랫퍼드에서 4월 23일 사망.
1623년	글로브 극장 시절의 동료 배우 존 헤밍과 헨리 콘델 이 편집한 셰익스피어의 극작품들이 이절판으로 출 판됨. 부인 앤 해서웨이 사망.

The Merchant of Venice

Characters in the Play

PORTIA, an heiress of Belmont

NERISSA, her waiting-gentlewoman

BALTHAZAR ⎤
STEPHANO ⎦ Servants to Portia:

Prince of MOROCCO ⎤
Prince of ARRAGON ⎦ Suitors to Portia

ANTONIO, a merchant of Venice

BASSANIO, a Venetian gentleman, suitor to Portia

SOLANIO ⎤
SALARINO ⎟
⎟ Companions of Antonio and Bassanio
GRATIANO ⎟
LORENZO ⎦

LEONARDO, servant to Bassanio

SHYLOCK, a Jewish moneylender in Venice

JESSICA, his daughter

TUBAL, another Jewish moneylender

LANCELET GOBBO, servant to Shylock and later to Bassanio

OLD GOBBO, Lancelet's father

SALERIO, a messenger from Venice

Jailer

Duke of Venice

Magnificoes of Venice

Servants

Attendants and followers

Messenger

Musicians

ACT 1 Scene 1

Enter Antonio, Salarino, and Solanio.

ANTONIO   In sooth I know not why I am so sad.

It wearies me, you say it wearies you.

But how I caught it, found it, or came by it,

What stuff 'tis made of, whereof it is born,

I am to learn.

And such a want-wit sadness makes of me

That I have much ado to know myself.

SALARINO   Your mind is tossing on the ocean,

There where your argosies with portly sail

(Like signiors and rich burghers on the flood,

Or, as it were, the pageants of the sea)

Do overpeer the petty traffickers

That curtsy to them, do them reverence,

As they fly by them with their woven wings.

SOLANIO   Believe me, sir, had I such venture forth,

The better part of my affections would

Be with my hopes abroad. I should be still

Plucking the grass to know where sits the wind,

Piring in maps for ports and piers and roads;

And every object that might make me fear

Misfortune to my ventures, out of doubt

Would make me sad.

SALARINO	My wind cooling my broth
	Would blow me to an ague when I thought
	What harm a wind too great might do at sea.
	I should not see the sandy hourglass run
	But I should think of shallows and of flats,
	And see my wealthy Andrew docked in sand,
	Vailing her high top lower than her ribs
	To kiss her burial. Should I go to church
	And see the holy edifice of stone
	And not bethink me straight of dangerous rocks,
	Which, touching but my gentle vessel's side,
	Would scatter all her spices on the stream,
	Enrobe the roaring waters with my silks,
	And, in a word, but even now worth this
	And now worth nothing? Shall I have the thought
	To think on this, and shall I lack the thought
	That such a thing bechanced would make me sad?
	But tell not me: I know Antonio
	Is sad to think upon his merchandise.
ANTONIO	Believe me, no. I thank my fortune for it,
	My ventures are not in one bottom trusted,
	Nor to one place; nor is my whole estate
	Upon the fortune of this present year:
	Therefore my merchandise makes me not sad.
SOLANIO	Why then you are in love.
ANTONIO	Fie, fie!
SOLANIO	Not in love neither? Then let us say you are sad
	Because you are not merry; and 'twere as easy
	For you to laugh and leap, and say you are merry
	Because you are not sad. Now, by two-headed Janus,
	Nature hath framed strange fellows in her time:

Some that will evermore peep through their eyes
And laugh like parrots at a bagpiper,
And other of such vinegar aspect
That they'll not show their teeth in way of smile
Though Nestor swear the jest be laughable.

[Enter Bassanio, Lorenzo, and Gratiano.]

Here comes Bassanio, your most noble kinsman,
Gratiano, and Lorenzo. Fare you well.
We leave you now with better company.

SALARINO   I would have stayed till I had made you merry,
If worthier friends had not prevented me.

ANTONIO   Your worth is very dear in my regard.
I take it your own business calls on you,
And you embrace th' occasion to depart.

SALARINO   Good morrow, my good lords.

BASSANIO   Good signiors both, when shall we laugh? Say, when?
You grow exceeding strange. Must it be so?

SALARINO   We'll make our leisures to attend on yours.

[Salarino and Solanio exit.]

LORENZO   My Lord Bassanio, since you have found Antonio,
We two will leave you. But at dinner time
I pray you have in mind where we must meet.

BASSANIO   I will not fail you.

GRATIANO   You look not well, Signior Antonio.
You have too much respect upon the world.
They lose it that do buy it with much care.
Believe me, you are marvelously changed.

ANTONIO   I hold the world but as the world, Gratiano,
A stage where every man must play a part,
And mine a sad one.

GRATIANO   Let me play the fool.

With mirth and laughter let old wrinkles come,

And let my liver rather heat with wine

Than my heart cool with mortifying groans.

Why should a man whose blood is warm within

Sit like his grandsire cut in alabaster?

Sleep when he wakes? And creep into the jaundice

By being peevish? I tell thee what, Antonio

(I love thee, and 'tis my love that speaks):

There are a sort of men whose visages

Do cream and mantle like a standing pond

And do a willful stillness entertain

With purpose to be dressed in an opinion

Of wisdom, gravity, profound conceit,

As who should say "I am Sir Oracle,

And when I ope my lips, let no dog bark."

O my Antonio, I do know of these

That therefore only are reputed wise

For saying nothing, when, I am very sure,

If they should speak, would almost damn those ears

Which, hearing them, would call their brothers fools.

I'll tell thee more of this another time.

But fish not with this melancholy bait

For this fool gudgeon, this opinion. —

Come, good Lorenzo. — Fare you well a while.

I'll end my exhortation after dinner.

LORENZO Well, we will leave you then till dinner time.

I must be one of these same dumb wise men,

For Gratiano never lets me speak.

GRATIANO Well, keep me company but two years more,

Thou shalt not know the sound of thine own tongue.

ANTONIO Fare you well. I'll grow a talker for this gear.

GRATIANO	Thanks, i' faith, for silence is only commendable
	In a neat's tongue dried and a maid not vendible.

[Gratiano and Lorenzo exit.]

ANTONIO	Is that anything now?
BASSANIO	Gratiano speaks an infinite deal of nothing,
	more than any man in all Venice. His reasons are as
	two grains of wheat hid in two bushels of chaff: you
	shall seek all day ere you find them, and when you
	have them, they are not worth the search.
ANTONIO	Well, tell me now what lady is the same
	To whom you swore a secret pilgrimage,
	That you today promised to tell me of?
BASSANIO	'Tis not unknown to you, Antonio,
	How much I have disabled mine estate
	By something showing a more swelling port
	Than my faint means would grant continuance.
	Nor do I now make moan to be abridged
	From such a noble rate. But my chief care
	Is to come fairly off from the great debts
	Wherein my time, something too prodigal,
	Hath left me gaged. To you, Antonio,
	I owe the most in money and in love,
	And from your love I have a warranty
	To unburden all my plots and purposes
	How to get clear of all the debts I owe.
ANTONIO	I pray you, good Bassanio, let me know it;
	And if it stand, as you yourself still do,
	Within the eye of honor, be assured
	My purse, my person, my extremest means
	Lie all unlocked to your occasions.
BASSANIO	In my school days, when I had lost one shaft,

I shot his fellow of the selfsame flight
The selfsame way with more advised watch
To find the other forth; and by adventuring both
I oft found both. I urge this childhood proof
Because what follows is pure innocence.
I owe you much, and, like a willful youth,
That which I owe is lost. But if you please
To shoot another arrow that self way
Which you did shoot the first, I do not doubt,
As I will watch the aim, or to find both
Or bring your latter hazard back again,
And thankfully rest debtor for the first.

ANTONIO   You know me well, and herein spend but time
To wind about my love with circumstance;
And out of doubt you do me now more wrong
In making question of my uttermost
Than if you had made waste of all I have.
Then do but say to me what I should do
That in your knowledge may by me be done,
And I am prest unto it. Therefore speak.

BASSANIO   In Belmont is a lady richly left, ·
And she is fair, and, fairer than that word,
Of wondrous virtues. Sometimes from her eyes
I did receive fair speechless messages.
Her name is Portia, nothing undervalued
To Cato's daughter, Brutus' Portia.
Nor is the wide world ignorant of her worth,
For the four winds blow in from every coast
Renowned suitors, and her sunny locks
Hang on her temples like a golden fleece,
Which makes her seat of Belmont Colchos' strond,

And many Jasons come in quest of her.
O my Antonio, had I but the means
To hold a rival place with one of them,
I have a mind presages me such thrift
That I should questionless be fortunate!

ANTONIO   Thou know'st that all my fortunes are at sea;
Neither have I money nor commodity
To raise a present sum. Therefore go forth:
Try what my credit can in Venice do;
That shall be racked even to the uttermost
To furnish thee to Belmont to fair Portia.
Go presently inquire, and so will I,
Where money is, and I no question make
To have it of my trust, or for my sake.

[They exit.]

ACT 1 Scene 2

Enter Portia with her waiting woman Nerissa.

PORTIA   By my troth, Nerissa, my little body is aweary
of this great world.

NERISSA   You would be, sweet madam, if your miseries
were in the same abundance as your good fortunes
are. And yet, for aught I see, they are as sick that
surfeit with too much as they that starve with
nothing. It is no mean happiness, therefore, to be
seated in the mean. Superfluity comes sooner by
white hairs, but competency lives longer.

PORTIA   Good sentences, and well pronounced.

NERISSA   They would be better if well followed.

PORTIA   If to do were as easy as to know what were
good to do, chapels had been churches, and poor
men's cottages princes' palaces. It is a good divine
that follows his own instructions. I can easier teach
twenty what were good to be done than to be one of
the twenty to follow mine own teaching. The brain
may devise laws for the blood, but a hot temper
leaps o'er a cold decree: such a hare is madness the
youth, to skip o'er the meshes of good counsel the
cripple. But this reasoning is not in the fashion to
choose me a husband. O, me, the word "choose"! I
may neither choose who I would nor refuse who I
dislike. So is the will of a living daughter curbed by
the will of a dead father. Is it not hard, Nerissa, that
I cannot choose one, nor refuse none?

NERISSA   Your father was ever virtuous, and holy men at their
death have good inspirations. Therefore the lottery
that he hath devised in these three chests of gold,
silver, and lead, whereof who chooses his meaning
chooses you, will no doubt never be chosen by any
rightly but one who you shall rightly love. But what
warmth is there in your affection towards any of
these princely suitors that are already come?

PORTIA   I pray thee, overname them, and as thou
namest them, I will describe them, and according
to my description level at my affection.

NERISSA   First, there is the Neapolitan prince.

PORTIA   Ay, that's a colt indeed, for he doth nothing but
talk of his horse, and he makes it a great appropriation

to his own good parts that he can shoe him himself. I am much afeard my lady his mother played false with a smith.

NERISSA Then is there the County Palatine.

PORTIA He doth nothing but frown, as who should say "An you will not have me, choose." He hears merry tales and smiles not. I fear he will prove the weeping philosopher when he grows old, being so full of unmannerly sadness in his youth. I had rather be married to a death's-head with a bone in his mouth than to either of these. God defend me from these two!

NERISSA How say you by the French lord, Monsieur Le Bon?

PORTIA God made him, and therefore let him pass for a man. In truth, I know it is a sin to be a mocker, but he! — why, he hath a horse better than the Neapolitan's, a better bad habit of frowning than the Count Palatine. He is every man in no man. If a throstle sing, he falls straight a-cap'ring. He will fence with his own shadow. If I should marry him, I should marry twenty husbands! If he would despise me, I would forgive him, for if he love me to madness, I shall never requite him.

NERISSA What say you then to Falconbridge, the young baron of England?

PORTIA You know I say nothing to him, for he understands not me, nor I him. He hath neither Latin, French, nor Italian; and you will come into the court and swear that I have a poor pennyworth in the English. He is a proper man's picture, but alas, who can converse with a dumb show? How oddly he is suited! I think he bought his doublet in Italy, his round hose in France, his bonnet in Germany, and his behavior everywhere.

NERISSA   What think you of the Scottish lord, his neighbor?

PORTIA   That he hath a neighborly charity in him, for he borrowed a box of the ear of the Englishman, and swore he would pay him again when he was able. I think the Frenchman became his surety and sealed under for another.

NERISSA   How like you the young German, the Duke of Saxony's nephew?

PORTIA   Very vilely in the morning, when he is sober, and most vilely in the afternoon, when he is drunk. When he is best he is a little worse than a man, and when he is worst he is little better than a beast. An the worst fall that ever fell, I hope I shall make shift to go without him.

NERISSA   If he should offer to choose, and choose the right casket, you should refuse to perform your father's will if you should refuse to accept him.

PORTIA   Therefore, for fear of the worst, I pray thee set a deep glass of Rhenish wine on the contrary casket, for if the devil be within and that temptation without, I know he will choose it. I will do anything, Nerissa, ere I will be married to a sponge.

NERISSA   You need not fear, lady, the having any of these lords. They have acquainted me with their determinations, which is indeed to return to their home and to trouble you with no more suit, unless you may be won by some other sort than your father's imposition depending on the caskets.

PORTIA   If I live to be as old as Sibylla, I will die as

chaste as Diana unless I be obtained by the manner of my father's will. I am glad this parcel of wooers are so reasonable, for there is not one among them but I dote on his very absence. And I pray God grant them a fair departure!

NERISSA   Do you not remember, lady, in your father's time, a Venetian, a scholar and a soldier, that came hither in company of the Marquess of Montferrat?

PORTIA   Yes, yes, it was Bassanio — as I think so was he called.

NERISSA   True, madam. He, of all the men that ever my foolish eyes looked upon, was the best deserving a fair lady.

PORTIA   I remember him well, and I remember him worthy of thy praise.

[Enter a Servingman.]

How now, what news?

SERVINGMAN   The four strangers seek for you, madam, to take their leave. And there is a forerunner come from a fifth, the Prince of Morocco, who brings word the Prince his master will be here tonight.

PORTIA   If I could bid the fifth welcome with so good heart as I can bid the other four farewell, I should be glad of his approach. If he have the condition of a saint and the complexion of a devil, I had rather he should shrive me than wive me.

Come, Nerissa. [To Servingman.] Sirrah, go before. — Whiles we shut the gate upon one wooer, another knocks at the door.

[They exit.]

ACT 1 Scene 3

Enter Bassanio with Shylock the Jew.

SHYLOCK	Three thousand ducats, well.
BASSANIO	Ay, sir, for three months.
SHYLOCK	For three months, well.
BASSANIO	For the which, as I told you, Antonio shall be bound.
SHYLOCK	Antonio shall become bound, well.
BASSANIO	May you stead me? Will you pleasure me? Shall I know your answer?
SHYLOCK	Three thousand ducats for three months, and Antonio bound.
BASSANIO	Your answer to that?
SHYLOCK	Antonio is a good man.
BASSANIO	Have you heard any imputation to the contrary?
SHYLOCK	Ho, no, no, no, no! My meaning in saying he is a good man is to have you understand me that he is sufficient. Yet his means are in supposition: he hath an argosy bound to Tripolis, another to the Indies. I understand, moreover, upon the Rialto, he hath a third at Mexico, a fourth for England, and other ventures he hath squandered abroad. But ships are but boards, sailors but men; there be land rats and water rats, water thieves and land thieves — I mean pirates — and then there is the peril of waters, winds, and rocks. The man is, notwithstanding, sufficient. Three thousand ducats. I think I may take his bond.
BASSANIO	Be assured you may.

SHYLOCK   I will be assured I may. And that I may be
             assured, I will bethink me. May I speak with Antonio?

BASSANIO   If it please you to dine with us.

SHYLOCK   Yes, to smell pork! To eat of the habitation which
             your prophet the Nazarite conjured the devil into! I
             will buy with you, sell with you, talk with you, walk
             with you, and so following; but I will not eat with
             you, drink with you, nor pray with you. — What
             news on the Rialto? — Who is he comes here?

                                              [Enter Antonio.]

BASSANIO   This is Signior Antonio.

SHYLOCK   [aside]

             How like a fawning publican he looks!

             I hate him for he is a Christian,

             But more for that in low simplicity

             He lends out money gratis and brings down

             The rate of usance here with us in Venice.

             If I can catch him once upon the hip, I will feed fat

             the ancient grudge I bear him.

             He hates our sacred nation, and he rails, Even there

             where merchants most do congregate, On me, my

             bargains, and my well-won thrift, Which he calls

             "interest." Cursed be my tribe If I forgive him!

BASSANIO   Shylock, do you hear?

SHYLOCK   I am debating of my present store,

             And, by the near guess of my memory,

             I cannot instantly raise up the gross

             Of full three thousand ducats. What of that?

             Tubal, a wealthy Hebrew of my tribe,

             Will furnish me. But soft, how many months

             Do you desire? [To Antonio.]

Rest you fair, good signior!

Your Worship was the last man in our mouths.

ANTONIO   Shylock, albeit I neither lend nor borrow

By taking nor by giving of excess,

Yet, to supply the ripe wants of my friend,

I'll break a custom. [To Bassanio.] Is he yet possessed

How much you would?

SHYLOCK   Ay, ay, three thousand ducats.

ANTONIO   And for three months.

SHYLOCK   I had forgot — three months. [To Bassanio.]

You told me so. —

Well then, your bond. And let me see — but hear you:

Methoughts you said you neither lend nor borrow

Upon advantage.

ANTONIO   I do never use it.

SHYLOCK   When Jacob grazed his Uncle Laban's sheep —

This Jacob from our holy Abram was

(As his wise mother wrought in his behalf)

The third possessor; ay, he was the third —

ANTONIO   And what of him? Did he take interest?

SHYLOCK   No, not take interest, not, as you would say,

Directly "interest." Mark what Jacob did.

When Laban and himself were compromised

That all the eanlings which were streaked and pied

Should fall as Jacob's hire, the ewes being rank

In end of autumn turned to the rams,

And when the work of generation was

Between these woolly breeders in the act,

The skillful shepherd pilled me certain wands,

And in the doing of the deed of kind

He stuck them up before the fulsome ewes,

	Who then conceiving did in eaning time
	Fall parti-colored lambs, and those were Jacob's.
	This was a way to thrive, and he was blest;
	And thrift is blessing if men steal it not.
ANTONIO	This was a venture, sir, that Jacob served for,
	A thing not in his power to bring to pass,
	But swayed and fashioned by the hand of heaven.
	Was this inserted to make interest good?
	Or is your gold and silver ewes and rams?
SHYLOCK	I cannot tell; I make it breed as fast.
	But note me, signior —
ANTONIO	[aside to Bassanio] Mark you this, Bassanio,
	The devil can cite Scripture for his purpose!
	An evil soul producing holy witness
	Is like a villain with a smiling cheek,
	A goodly apple rotten at the heart.
	O, what a goodly outside falsehood hath!
SHYLOCK	Three thousand ducats. 'Tis a good round sum.
	Three months from twelve, then let me see, the rate —
ANTONIO	Well, Shylock, shall we be beholding to you?
SHYLOCK	Signior Antonio, many a time and oft
	In the Rialto you have rated me
	About my moneys and my usances.
	Still have I borne it with a patient shrug
	(For suff'rance is the badge of all our tribe).
	You call me misbeliever, cutthroat dog,
	And spet upon my Jewish gaberdine,
	And all for use of that which is mine own.
	Well then, it now appears you need my help.
	Go to, then. You come to me and you say
	"Shylock, we would have moneys" — you say so,

You, that did void your rheum upon my beard,
And foot me as you spurn a stranger cur
Over your threshold. Moneys is your suit.
What should I say to you? Should I not say
"Hath a dog money? Is it possible
A cur can lend three thousand ducats?" Or
Shall I bend low, and in a bondman's key,
With bated breath and whisp'ring humbleness,
Say this: "Fair sir, you spet on me on Wednesday last;
You spurned me such a day; another time
You called me 'dog'; and for these courtesies
I'll lend you thus much moneys"?

ANTONIO   I am as like to call thee so again,
To spet on thee again, to spurn thee, too.
If thou wilt lend this money, lend it not
As to thy friends, for when did friendship take
A breed for barren metal of his friend?
But lend it rather to thine enemy,
Who, if he break, thou mayst with better face
Exact the penalty.

SHYLOCK   Why, look you how you storm!
I would be friends with you and have your love,
Forget the shames that you have stained me with,
Supply your present wants, and take no doit
Of usance for my moneys, and you'll not hear me!
This is kind I offer.

BASSANIO   This were kindness!

SHYLOCK   This kindness will I show.
Go with me to a notary, seal me there
Your single bond; and in a merry sport,
If you repay me not on such a day,

	In such a place, such sum or sums as are
	Expressed in the condition, let the forfeit
	Be nominated for an equal pound
	Of your fair flesh, to be cut off and taken
	In what part of your body pleaseth me.
ANTONIO	Content, in faith. I'll seal to such a bond,
	And say there is much kindness in the Jew.
BASSANIO	You shall not seal to such a bond for me!
	I'll rather dwell in my necessity.
ANTONIO	Why, fear not, man, I will not forfeit it!
	Within these two months — that's a month before
	This bond expires — I do expect return
	Of thrice three times the value of this bond.
SHYLOCK	O father Abram, what these Christians are,
	Whose own hard dealings teaches them suspect
	The thoughts of others! Pray you tell me this:
	If he should break his day, what should I gain
	By the exaction of the forfeiture?
	A pound of man's flesh taken from a man
	Is not so estimable, profitable neither,
	As flesh of muttons, beefs, or goats. I say,
	To buy his favor I extend this friendship.
	If he will take it, so. If not, adieu;
	And for my love I pray you wrong me not.
ANTONIO	Yes, Shylock, I will seal unto this bond.
SHYLOCK	Then meet me forthwith at the notary's.
	Give him direction for this merry bond,
	And I will go and purse the ducats straight,
	See to my house left in the fearful guard
	Of an unthrifty knave, and presently
	I'll be with you.

ANTONIO	Hie thee, gentle Jew.
	[Shylock exits.]
	The Hebrew will turn Christian; he grows kind.
BASSANIO	I like not fair terms and a villain's mind.
ANTONIO	Come on, in this there can be no dismay;
	My ships come home a month before the day.
	[They exit.]

ACT 2 Scene 1

Enter the Prince of Morocco, a tawny Moor all in
white, and three or four followers accordingly, with
Portia, Nerissa, and their train.

MOROCCO	Mislike me not for my complexion,
	The shadowed livery of the burnished sun,
	To whom I am a neighbor and near bred.
	Bring me the fairest creature northward born,
	Where Phoebus' fire scarce thaws the icicles,
	And let us make incision for your love
	To prove whose blood is reddest, his or mine.
	I tell thee, lady, this aspect of mine
	Hath feared the valiant; by my love I swear
	The best regarded virgins of our clime
	Have loved it too. I would not change this hue
	Except to steal your thoughts, my gentle queen.
PORTIA	In terms of choice I am not solely led
	By nice direction of a maiden's eyes;
	Besides, the lott'ry of my destiny

Bars me the right of voluntary choosing.

But if my father had not scanted me

And hedged me by his wit to yield myself

His wife who wins me by that means I told you,

Yourself, renowned prince, then stood as fair

As any comer I have looked on yet

For my affection.

MOROCCO   Even for that I thank you.

Therefore I pray you lead me to the caskets

To try my fortune. By this scimitar

That slew the Sophy and a Persian prince,

That won three fields of Sultan Solyman,

I would o'erstare the sternest eyes that look,

Outbrave the heart most daring on the Earth,

Pluck the young sucking cubs from the she-bear,

Yea, mock the lion when he roars for prey,

To win thee, lady. But, alas the while!

If Hercules and Lychas play at dice

Which is the better man, the greater throw

May turn by fortune from the weaker hand;

So is Alcides beaten by his page,

And so may I, blind Fortune leading me,

Miss that which one unworthier may attain,

And die with grieving.

PORTIA   You must take your chance

And either not attempt to choose at all

Or swear before you choose, if you choose wrong

Never to speak to lady afterward

In way of marriage. Therefore be advised.

MOROCCO Nor will not. Come, bring me unto my chance.

PORTIA First, forward to the temple. After dinner

Your hazard shall be made.

MOROCCO   Good fortune then,
To make me blest — or cursed'st among men!

[They exit.]

ACT 2 Scene 2

Enter Lancelet Gobbo the Clown, alone.

LANCELET   Certainly my conscience will serve me to
run from this Jew my master. The fiend is at mine
elbow and tempts me, saying to me "Gobbo,
Lancelet Gobbo, good Lancelet," or "good Gobbo,"
or "good Lancelet Gobbo, use your legs, take
the start, run away." My conscience says "No. Take
heed, honest Lancelet, take heed, honest Gobbo,"
or, as aforesaid, "honest Lancelet Gobbo, do not
run; scorn running with thy heels." Well, the most
courageous fiend bids me pack. "Fia!" says the
fiend. "Away!" says the fiend. "For the heavens,
rouse up a brave mind," says the fiend, "and run!"
Well, my conscience, hanging about the neck of my
heart, says very wisely to me "My honest friend
Lancelet, being an honest man's son" — or rather,
an honest woman's son, for indeed my father did
something smack, something grow to — he had a
kind of taste — well, my conscience says "Lancelet,
budge not." "Budge," says the fiend. "Budge not,"
says my conscience. "Conscience," say I, "you

counsel well." "Fiend," say I, "you counsel well."
To be ruled by my conscience, I should stay with the
Jew my master, who (God bless the mark) is a kind
of devil; and to run away from the Jew, I should be
ruled by the fiend, who (saving your reverence) is
the devil himself. Certainly the Jew is the very devil
incarnation, and, in my conscience, my conscience
is but a kind of hard conscience to offer to counsel
me to stay with the Jew. The fiend gives the more
friendly counsel. I will run, fiend. My heels are at
your commandment. I will run.

[Enter old Gobbo with a basket.]

GOBBO   Master young man, you, I pray you, which is
the way to Master Jew's?

LANCELET [aside] O heavens, this is my true begotten
father, who being more than sandblind, high gravelblind,
knows me not. I will try confusions with him.

GOBBO   Master young gentleman, I pray you, which is
the way to Master Jew's?

LANCELET Turn up on your right hand at the next
turning, but at the next turning of all on your left;
marry, at the very next turning, turn of no hand,
but turn down indirectly to the Jew's house.

GOBBO   Be God's sonties, 'twill be a hard way to hit.
Can you tell me whether one Lancelet, that dwells
with him, dwell with him or no?

LANCELET Talk you of young Master Lancelet? [Aside.]
Mark me now, now will I raise the waters. — Talk
you of young Master Lancelet?

GOBBO   No master, sir, but a poor man's son. His
father, though I say 't, is an honest exceeding poor

man and, God be thanked, well to live.

LANCELET   Well, let his father be what he will, we talk
            of young Master Lancelet.

GOBBO   Your Worship's friend, and Lancelet, sir.

LANCELET   But I pray you, ergo, old man, ergo, I beseech
            you, talk you of young Master Lancelet?

GOBBO   Of Lancelet, an 't please your mastership.

LANCELET   Ergo, Master Lancelet. Talk not of Master
            Lancelet, father, for the young gentleman, according
            to Fates and Destinies, and such odd sayings, the
            Sisters Three, and such branches of learning, is
            indeed deceased, or, as you would say in plain
            terms, gone to heaven.

GOBBO   Marry, God forbid! The boy was the very staff
            of my age, my very prop.

LANCELET   [aside] Do I look like a cudgel or a hovel-post,
            a staff or a prop? — Do you know me, father?

GOBBO   Alack the day, I know you not, young gentleman.
            But I pray you tell me, is my boy, God rest his
            soul, alive or dead?

LANCELET   Do you not know me, father?

GOBBO   Alack, sir, I am sandblind. I know you not.

LANCELET   Nay, indeed, if you had your eyes, you might fail
            of the knowing me. It is a wise father that knows
            his own child. Well, old man, I will tell you news of
            your son. [He kneels.] Give me your blessing. Truth
            will come to light, murder cannot be hid long — a
            man's son may, but in the end, truth will out.

GOBBO   Pray you, sir, stand up! I am sure you are not Lancelet
            my boy.

LANCELET   Pray you, let's have no more fooling about

	it, but give me your blessing. I am Lancelet, your
	boy that was, your son that is, your child that shall be.
GOBBO	I cannot think you are my son.
LANCELET	I know not what I shall think of that; but I
	am Lancelet, the Jew's man, and I am sure Margery
	your wife is my mother.
GOBBO	Her name is Margery, indeed. I'll be sworn if
	thou be Lancelet, thou art mine own flesh and
	blood. Lord worshiped might He be, what a beard
	hast thou got! Thou hast got more hair on thy chin
	than Dobbin my fill-horse has on his tail.
LANCELET	[standing up] It should seem, then, that Dobbin's
	tail grows backward. I am sure he had more hair of
	his tail than I have of my face when I last saw him.
GOBBO	Lord, how art thou changed! How dost thou
	and thy master agree? I have brought him a present.
	How 'gree you now?
LANCELET	Well, well. But for mine own part, as I have
	set up my rest to run away, so I will not rest till I
	have run some ground. My master's a very Jew.
	Give him a present! Give him a halter. I am
	famished in his service. You may tell every finger I
	have with my ribs. Father, I am glad you are come!
	Give me your present to one Master Bassanio, who
	indeed gives rare new liveries. If I serve not him, I
	will run as far as God has any ground. O rare
	fortune, here comes the man! To him, father, for I
	am a Jew if I serve the Jew any longer.
	Enter Bassanio with Leonardo and a follower or two.
BASSANIO	[to an Attendant] You may do so, but let it be
	so hasted that supper be ready at the farthest by five

of the clock. See these letters delivered, put the
liveries to making, and desire Gratiano to come
anon to my lodging.   [The Attendant exits.]

LANCELET   To him, father.

GOBBO   [to Bassanio] God bless your Worship.

BASSANIO   Gramercy. Wouldst thou aught with me?

GOBBO   Here's my son, sir, a poor boy —

LANCELET   Not a poor boy, sir, but the rich Jew's man,
that would, sir, as my father shall specify —

GOBBO   He hath a great infection, sir, as one would say, to serve —

LANCELET   Indeed, the short and the long is, I serve the
Jew, and have a desire, as my father shall specify —

GOBBO   His master and he (saving your Worship's
reverence) are scarce cater-cousins —

LANCELET   To be brief, the very truth is that the Jew, having
done me wrong, doth cause me, as my father being,
I hope, an old man, shall frutify unto you —

GOBBO   I have here a dish of doves that I would bestow
upon your Worship, and my suit is —

LANCELET   In very brief, the suit is impertinent to
myself, as your Worship shall know by this honest
old man, and though I say it, though old man yet
poor man, my father —

BASSANIO   One speak for both. What would you?

LANCELET   Serve you, sir.

GOBBO   That is the very defect of the matter, sir.

BASSANIO   [to Lancelet]
I know thee well. Thou hast obtained thy suit.
Shylock thy master spoke with me this day,
And hath preferred thee, if it be preferment
To leave a rich Jew's service, to become

The follower of so poor a gentleman.

LANCELET   The old proverb is very well parted between
            my master Shylock and you, sir: you have "the
            grace of God," sir, and he hath "enough."

BASSANIO   Thou speak'st it well. — Go, father, with thy son. —
            Take leave of thy old master, and inquire
            My lodging out. [To an Attendant.] Give him a livery
            More guarded than his fellows'. See it done.
            [Attendant exits. Bassanio and Leonardo talk apart.]

LANCELET   Father, in. I cannot get a service, no! I have
            ne'er a tongue in my head! Well, [studying his palm]
            if any man in Italy have a fairer table which doth
            offer to swear upon a book — I shall have good
            fortune, go to! Here's a simple line of life. Here's a
            small trifle of wives — alas, fifteen wives is nothing;
            eleven widows and nine maids is a simple coming-in
            for one man — and then to 'scape drowning
            thrice, and to be in peril of my life with the edge of a
            featherbed! Here are simple 'scapes. Well, if Fortune
            be a woman, she's a good wench for this gear.
            Father, come. I'll take my leave of the Jew in the
            twinkling.   [Lancelet and old Gobbo exit.]

BASSANIO   I pray thee, good Leonardo, think on this.
                                        [Handing him a paper.]
            These things being bought and orderly bestowed,
            Return in haste, for I do feast tonight
            My best esteemed acquaintance. Hie thee, go.

LEONARDO   My best endeavors shall be done herein.
                                        [Enter Gratiano.]

GRATIANO   [to Leonardo] Where's your master?

LEONARDO   Yonder, sir, he walks.   [Leonardo exits.]

GRATIANO	Signior Bassanio!
BASSANIO	Gratiano!
GRATIANO	I have suit to you.
BASSANIO	You have obtained it.
GRATIANO	You must not deny me. I must go with you to Belmont.
BASSANIO	Why then you must. But hear thee, Gratiano,

Thou art too wild, too rude and bold of voice —
Parts that become thee happily enough, And
in such eyes as ours appear not faults.
But where thou art not known — why, there they show
Something too liberal. Pray thee take pain
To allay with some cold drops of modesty
Thy skipping spirit, lest through thy wild behavior
I be misconstered in the place I go to,
And lose my hopes.

GRATIANO   Signior Bassanio, hear me.
If I do not put on a sober habit,
Talk with respect, and swear but now and then,
Wear prayer books in my pocket, look demurely,
Nay more, while grace is saying, hood mine eyes
Thus with my hat, and sigh and say "amen,"
Use all the observance of civility
Like one well studied in a sad ostent
To please his grandam, never trust me more.

BASSANIO   Well, we shall see your bearing.

GRATIANO   Nay, but I bar tonight. You shall not gauge me
By what we do tonight.

BASSANIO   No, that were pity.
I would entreat you rather to put on
Your boldest suit of mirth, for we have friends
That purpose merriment. But fare you well.

	I have some business.
GRATIANO	And I must to Lorenzo and the rest.
	But we will visit you at supper time.

[They exit.]

ACT 2 Scene 3

Enter Jessica and Lancelet Gobbo.

JESSICA	I am sorry thou wilt leave my father so.
	Our house is hell and thou, a merry devil,
	Didst rob it of some taste of tediousness.
	But fare thee well. There is a ducat for thee,
	And, Lancelet, soon at supper shalt thou see
	Lorenzo, who is thy new master's guest.
	Give him this letter, do it secretly,
	And so farewell. I would not have my father
	See me in talk with thee.
LANCELET	Adieu. Tears exhibit my tongue, most beautiful
	pagan, most sweet Jew. If a Christian do not
	play the knave and get thee, I am much deceived.
	But adieu. These foolish drops do something drown
	my manly spirit. Adieu.
JESSICA	Farewell, good Lancelet.

[Lancelet exits.]

	Alack, what heinous sin is it in me
	To be ashamed to be my father's child?
	But though I am a daughter to his blood,
	I am not to his manners. O Lorenzo,

If thou keep promise, I shall end this strife,

Become a Christian and thy loving wife.

[She exits.]

ACT 2 Scene 4

Enter Gratiano, Lorenzo, Salarino, and Solanio.

LORENZO Nay, we will slink away in supper time,

Disguise us at my lodging, and return

All in an hour.

GRATIANO We have not made good preparation.

SALARINO We have not spoke us yet of torchbearers.

SOLANIO 'Tis vile, unless it may be quaintly ordered,

And better in my mind not undertook.

LORENZO 'Tis now but four o'clock. We have two hours

To furnish us.

[Enter Lancelet.]

Friend Lancelet, what's the news?

LANCELET An it shall please you to break up this, it

shall seem to signify. [Handing him Jessica's letter.]

LORENZO I know the hand; in faith, 'tis a fair hand,

And whiter than the paper it writ on

Is the fair hand that writ.

GRATIANO Love news, in faith!

LANCELET By your leave, sir.

LORENZO Whither goest thou?

LANCELET Marry, sir, to bid my old master the Jew to

sup tonight with my new master the Christian.

LORENZO	Hold here, take this. [Giving him money.] Tell gentle
Jessica	I will not fail her. Speak it privately.

[Lancelet exits.]

Go, gentlemen,

Will you prepare you for this masque tonight?

I am provided of a torchbearer.

SALARINO	Ay, marry, I'll be gone about it straight.
SOLANIO	And so will I.
LORENZO	Meet me and Gratiano

At Gratiano's lodging some hour hence.

SALARINO	'Tis good we do so.

[Salarino and Solanio exit.]

GRATIANO	Was not that letter from fair Jessica?
LORENZO	I must needs tell thee all. She hath directed

How I shall take her from her father's house,

What gold and jewels she is furnished with,

What page's suit she hath in readiness.

If e'er the Jew her father come to heaven,

It will be for his gentle daughter's sake;

And never dare misfortune cross her foot

Unless she do it under this excuse,

That she is issue to a faithless Jew.

Come, go with me. Peruse this as thou goest;

[Handing him the letter.]

Fair Jessica shall be my torchbearer.

[They exit.]

ACT 2 Scene 5

Enter Shylock, the Jew, and Lancelet,

his man that was, the Clown.

SHYLOCK   Well, thou shalt see, thy eyes shall be thy judge,

The difference of old Shylock and Bassanio. —

What, Jessica! — Thou shalt not gormandize

As thou hast done with me — what, Jessica! —

And sleep, and snore, and rend apparel out. —

Why, Jessica, I say!

LANCELET   Why, Jessica!

SHYLOCK   Who bids thee call? I do not bid thee call.

LANCELET   Your Worship was wont to tell me I could

do nothing without bidding.

[Enter Jessica.]

JESSICA   Call you? What is your will?

SHYLOCK   I am bid forth to supper, Jessica.

There are my keys. — But wherefore should I go?

I am not bid for love. They flatter me.

But yet I'll go in hate, to feed upon

The prodigal Christian. — Jessica, my girl,

Look to my house. — I am right loath to go.

There is some ill a-brewing towards my rest,

For I did dream of money bags tonight.

LANCELET   I beseech you, sir, go. My young master

doth expect your reproach.

SHYLOCK   So do I his.

LANCELET   And they have conspired together — I will

not say you shall see a masque, but if you do, then it

was not for nothing that my nose fell a-bleeding on Black Monday last, at six o'clock i' th' morning, falling out that year on Ash Wednesday was four year in th' afternoon.

SHYLOCK What, are there masques? Hear you me, Jessica,
Lock up my doors, and when you hear the drum
And the vile squealing of the wry-necked fife,
Clamber not you up to the casements then, Nor
thrust your head into the public street To gaze on
Christian fools with varnished faces, But stop my
house's ears (I mean my casements). Let not the
sound of shallow fopp'ry enter My sober house. By
Jacob's staff I swear I have no mind of feasting forth
tonight. But I will go. — Go you before me, sirrah.
Say I will come.

LANCELET I will go before, sir. [Aside to Jessica.] Mistress,
look out at window for all this.
There will come a Christian by
Will be worth a Jewess' eye.   [He exits.]

SHYLOCK What says that fool of Hagar's offspring, ha?

JESSICA His words were "Farewell, mistress," nothing else.

SHYLOCK The patch is kind enough, but a huge feeder,
Snail-slow in profit, and he sleeps by day
More than the wildcat. Drones hive not with me,
Therefore I part with him, and part with him
To one that I would have him help to waste
His borrowed purse. Well, Jessica, go in.
Perhaps I will return immediately.
Do as I bid you. Shut doors after you.
Fast bind, fast find —
A proverb never stale in thrifty mind.   [He exits.]

JESSICA   Farewell, and if my fortune be not crossed,

I have a father, you a daughter, lost.

[She exits.]

ACT 2 Scene 6

Enter the masquers, Gratiano and Salarino.

GRATIANO   This is the penthouse under which Lorenzo

Desired us to make stand.

SALARINO   His hour is almost past.

GRATIANO   And it is marvel he outdwells his hour,

For lovers ever run before the clock.

SALARINO   O, ten times faster Venus' pigeons fly

To seal love's bonds new-made than they are wont

To keep obliged faith unforfeited.

GRATIANO   That ever holds. Who riseth from a feast

With that keen appetite that he sits down?

Where is the horse that doth untread again

His tedious measures with the unbated fire

That he did pace them first? All things that are,

Are with more spirit chased than enjoyed.

How like a younger or a prodigal

The scarfed bark puts from her native bay,

Hugged and embraced by the strumpet wind;

How like the prodigal doth she return

With overweathered ribs and ragged sails,

Lean, rent, and beggared by the strumpet wind!

[Enter Lorenzo.]

SALARINO   Here comes Lorenzo. More of this hereafter.

LORENZO   Sweet friends, your patience for my long abode.

Not I but my affairs have made you wait.

When you shall please to play the thieves for wives,

I'll watch as long for you then. Approach.

Here dwells my father Jew. — Ho! Who's within?

[Enter Jessica above, dressed as a boy.]

JESSICA   Who are you? Tell me for more certainty,

Albeit I'll swear that I do know your tongue.

LORENZO   Lorenzo, and thy love.

JESSICA   Lorenzo certain, and my love indeed,

For who love I so much? And now who knows

But you, Lorenzo, whether I am yours?

LORENZO   Heaven and thy thoughts are witness that thou art.

JESSICA   Here, catch this casket; it is worth the pains.

I am glad 'tis night, you do not look on me,

For I am much ashamed of my exchange.

But love is blind, and lovers cannot see

The pretty follies that themselves commit,

For if they could, Cupid himself would blush

To see me thus transformed to a boy.

LORENZO   Descend, for you must be my torchbearer.

JESSICA   What, must I hold a candle to my shames?

They in themselves, good sooth, are too too light.

Why, 'tis an office of discovery, love,

And I should be obscured.

LORENZO   So are you, sweet,

Even in the lovely garnish of a boy.

But come at once,

For the close night doth play the runaway,

And we are stayed for at Bassanio's feast.

JESSICA   I will make fast the doors and gild myself

           With some more ducats, and be with you straight.

                          [Jessica exits, above.]

GRATIANO   Now, by my hood, a gentle and no Jew!

LORENZO   Beshrew me but I love her heartily,

           For she is wise, if I can judge of her,

           And fair she is, if that mine eyes be true,

           And true she is, as she hath proved herself.

           And therefore, like herself, wise, fair, and true,

           Shall she be placed in my constant soul.

                          Enter Jessica, below.

           What, art thou come? On, gentleman, away!

           Our masquing mates by this time for us stay.

                          [All but Gratiano exit.]

                          [Enter Antonio.]

ANTONIO   Who's there?

GRATIANO   Signior Antonio?

ANTONIO   Fie, fie, Gratiano, where are all the rest?

           'Tis nine o'clock! Our friends all stay for you.

           No masque tonight; the wind is come about;

           Bassanio presently will go aboard.

           I have sent twenty out to seek for you.

GRATIANO   I am glad on 't. I desire no more delight

           Than to be under sail and gone tonight.

                          [They exit.]

ACT 2 Scene 7

Enter Portia with the Prince of Morocco and both their trains.

PORTIA   Go, draw aside the curtains and discover
The several caskets to this noble prince.

[A curtain is drawn.]

Now make your choice.

MOROCCO   This first, of gold, who this inscription bears,
"Who chooseth me shall gain what many men desire";
The second, silver, which this promise carries,
"Who chooseth me shall get as much as he deserves";
This third, dull lead, with warning all as blunt,
"Who chooseth me must give and hazard all he hath."
How shall I know if I do choose the right?

PORTIA   The one of them contains my picture, prince.
If you choose that, then I am yours withal.

MOROCCO   Some god direct my judgment! Let me see.
I will survey th' inscriptions back again.
What says this leaden casket?
"Who chooseth me must give and hazard all he hath."
Must give — for what? For lead? Hazard for lead?
This casket threatens. Men that hazard all
Do it in hope of fair advantages.
A golden mind stoops not to shows of dross.
I'll then nor give nor hazard aught for lead.
What says the silver with her virgin hue?
"Who chooseth me shall get as much as he deserves."
As much as he deserves — pause there, Morocco,

And weigh thy value with an even hand.
If thou beest rated by thy estimation,
Thou dost deserve enough; and yet enough
May not extend so far as to the lady.
And yet to be afeard of my deserving
Were but a weak disabling of myself.
As much as I deserve — why, that's the lady!
I do in birth deserve her, and in fortunes,
In graces, and in qualities of breeding,
But more than these, in love I do deserve.
What if I strayed no farther, but chose here?
Let's see once more this saying graved in gold:
"Who chooseth me shall gain what many men desire."
Why, that's the lady! All the world desires her.
From the four corners of the Earth they come
To kiss this shrine, this mortal, breathing saint.
The Hyrcanian deserts and the vasty wilds
Of wide Arabia are as throughfares now
For princes to come view fair Portia.
The watery kingdom, whose ambitious head
Spets in the face of heaven, is no bar
To stop the foreign spirits, but they come
As o'er a brook to see fair Portia.
One of these three contains her heavenly picture.
Is 't like that lead contains her? 'Twere damnation
To think so base a thought. It were too gross
To rib her cerecloth in the obscure grave.
Or shall I think in silver she's immured,
Being ten times undervalued to tried gold?
O, sinful thought! Never so rich a gem
Was set in worse than gold. They have in England

A coin that bears the figure of an angel
Stamped in gold, but that's insculped upon;
But here an angel in a golden bed
Lies all within. — Deliver me the key.
Here do I choose, and thrive I as I may.

PORTIA   There, take it, prince. [Handing him the key.] And if
my form lie there,
Then I am yours.

[Morocco opens the gold casket.]

MOROCCO   O hell! What have we here?
A carrion death within whose empty eye
There is a written scroll. I'll read the writing:
    All that glisters is not gold —
    Often have you heard that told.
    Many a man his life hath sold
    But my outside to behold.
    Gilded tombs do worms infold.
    Had you been as wise as bold,
    Young in limbs, in judgment old,
    Your answer had not been enscrolled.
    Fare you well, your suit is cold.
Cold indeed and labor lost!
Then, farewell, heat, and welcome, frost.
Portia, adieu. I have too grieved a heart
To take a tedious leave. Thus losers part.

[He exits, with his train.]

PORTIA   A gentle riddance! Draw the curtains, go.
Let all of his complexion choose me so.

[They exit.]

ACT 2 Scene 8

Enter Salarino and Solanio.

SALARINO   Why, man, I saw Bassanio under sail;

With him is Gratiano gone along;

And in their ship I am sure Lorenzo is not.

SOLANIO   The villain Jew with outcries raised the Duke,

Who went with him to search Bassanio's ship.

SALARINO   He came too late; the ship was under sail.

But there the Duke was given to understand

That in a gondola were seen together

Lorenzo and his amorous Jessica.

Besides, Antonio certified the Duke

They were not with Bassanio in his ship.

SOLANIO   I never heard a passion so confused,

So strange, outrageous, and so variable

As the dog Jew did utter in the streets.

"My daughter, O my ducats, O my daughter!

Fled with a Christian! O my Christian ducats!

Justice, the law, my ducats, and my daughter,

A sealed bag, two sealed bags of ducats, Of double

ducats, stol'n from me by my daughter, And

jewels — two stones, two rich and precious stones —

Stol'n by my daughter! Justice! Find the girl!

She hath the stones upon her, and the ducats."

SALARINO   Why, all the boys in Venice follow him,

Crying "His stones, his daughter, and his ducats."

SOLANIO   Let good Antonio look he keep his day,

Or he shall pay for this.

SALARINO   Marry, well remembered.

I reasoned with a Frenchman yesterday

Who told me, in the Narrow Seas that part

The French and English, there miscarrièd

A vessel of our country richly fraught.

I thought upon Antonio when he told me,

And wished in silence that it were not his.

SOLANIO   You were best to tell Antonio what you hear —

Yet do not suddenly, for it may grieve him.

SALARINO   A kinder gentleman treads not the Earth.

I saw Bassanio and Antonio part.

Bassanio told him he would make some speed

Of his return. He answered "Do not so.

Slubber not business for my sake, Bassanio,

But stay the very riping of the time;

And for the Jew's bond which he hath of me,

Let it not enter in your mind of love.

Be merry, and employ your chiefest thoughts

To courtship and such fair ostents of love

As shall conveniently become you there."

And even there, his eye being big with tears,

Turning his face, he put his hand behind him,

And with affection wondrous sensible

He wrung Bassanio's hand — and so they parted.

SOLANIO   I think he only loves the world for him.

I pray thee, let us go and find him out

And quicken his embraced heaviness

With some delight or other.

SALARINO   Do we so.

[They exit.]

ACT 2 Scene 9

Enter Nerissa and a Servitor.

NERISSA   Quick, quick, I pray thee, draw the curtain straight.

The Prince of Arragon hath ta'en his oath

And comes to his election presently.

[Enter the Prince of Arragon, his train, and Portia.]

PORTIA   Behold, there stand the caskets, noble prince.

If you choose that wherein I am contained,

Straight shall our nuptial rites be solemnized.

But if you fail, without more speech, my lord,

You must be gone from hence immediately.

ARRAGON   I am enjoined by oath to observe three things:

First, never to unfold to anyone

Which casket 'twas I chose; next, if I fail

Of the right casket, never in my life

To woo a maid in way of marriage;

Lastly, if I do fail in fortune of my choice,

Immediately to leave you, and be gone.

PORTIA   To these injunctions everyone doth swear

That comes to hazard for my worthless self.

ARRAGON   And so have I addressed me. Fortune now To my

heart's hope! Gold, silver, and base lead. "Who

chooseth me must give and hazard all he hath."

You shall look fairer ere I give or hazard.

What says the golden chest? Ha, let me see:

"Who chooseth me shall gain what many men desire."

What many men desire — that "many" may be meant

By the fool multitude that choose by show,

Not learning more than the fond eye doth teach,
Which pries not to th' interior, but like the martlet
Builds in the weather on the outward wall,
Even in the force and road of casualty.
I will not choose what many men desire,
Because I will not jump with common spirits
And rank me with the barbarous multitudes.
Why, then, to thee, thou silver treasure house.
Tell me once more what title thou dost bear.
"Who chooseth me shall get as much as he deserves."
And well said, too; for who shall go about
To cozen fortune and be honorable
Without the stamp of merit? Let none presume
To wear an undeserved dignity.
O, that estates, degrees, and offices
Were not derived corruptly, and that clear honor
Were purchased by the merit of the wearer!
How many then should cover that stand bare?
How many be commanded that command?
How much low peasantry would then be gleaned
From the true seed of honor? And how much honor
Picked from the chaff and ruin of the times,
To be new varnished? Well, but to my choice.
"Who chooseth me shall get as much as he deserves."
I will assume desert. Give me a key for this,

                              [He is given a key.]
And instantly unlock my fortunes here.

                              [He opens the silver casket.]
PORTIA   Too long a pause for that which you find there.
ARRAGON What's here? The portrait of a blinking idiot
         Presenting me a schedule! I will read it. —

How much unlike art thou to Portia!

How much unlike my hopes and my deservings.

"Who chooseth me shall have as much as he deserves"?

Did I deserve no more than a fool's head?

Is that my prize? Are my deserts no better?

PORTIA   To offend and judge are distinct offices

And of opposed natures.

ARRAGON   What is here?   [He reads.]

> The fire seven times tried this;
>
> Seven times tried that judgment is
>
> That did never choose amiss.
>
> Some there be that shadows kiss;
>
> Such have but a shadow's bliss.
>
> There be fools alive, iwis,
>
> Silvered o'er — and so was this.
>
> Take what wife you will to bed,
>
> I will ever be your head.
>
> So begone; you are sped.

Still more fool I shall appear

By the time I linger here.

With one fool's head I came to woo,

But I go away with two.

Sweet, adieu. I'll keep my oath,

Patiently to bear my wroth.

                   [He exits with his train.]

PORTIA   Thus hath the candle singed the moth.

O, these deliberate fools, when they do choose,

They have the wisdom by their wit to lose.

NERISSA   The ancient saying is no heresy:

Hanging and wiving goes by destiny.

PORTIA   Come, draw the curtain, Nerissa.

MESSENGER	Where is my lady?	[Enter Messenger.]

MESSENGER   Where is my lady?   [Enter Messenger.]

PORTIA   Here. What would my lord?

MESSENGER   Madam, there is alighted at your gate
                A young Venetian, one that comes before
                To signify th' approaching of his lord,
                From whom he bringeth sensible regrets;
                To wit (besides commends and courteous breath),
                Gifts of rich value; yet I have not seen
                So likely an ambassador of love.
                A day in April never came so sweet,
                To show how costly summer was at hand,
                As this fore-spurrer comes before his lord.

PORTIA   No more, I pray thee. I am half afeard
                Thou wilt say anon he is some kin to thee,
                Thou spend'st such high-day wit in praising him!
                Come, come, Nerissa, for I long to see
                Quick Cupid's post that comes so mannerly.

NERISSA   Bassanio, Lord Love, if thy will it be!

                                                    [They exit.]

ACT 3 Scene 1

Enter Solanio and Salarino.

SOLANIO   Now, what news on the Rialto?

SALARINO   Why, yet it lives there unchecked that Antonio
                hath a ship of rich lading wracked on the
                Narrow Seas — the Goodwins, I think they call the
                place — a very dangerous flat, and fatal, where the

	carcasses of many a tall ship lie buried, as they say,
	if my gossip Report be an honest woman of her word.
SOLANIO	I would she were as lying a gossip in that as
	ever knapped ginger or made her neighbors believe
	she wept for the death of a third husband. But
	it is true, without any slips of prolixity or crossing
	the plain highway of talk, that the good Antonio,
	the honest Antonio — O, that I had a title good
	enough to keep his name company! —
SALARINO	Come, the full stop.
SOLANIO	Ha, what sayest thou? Why, the end is, he
	hath lost a ship.
SALARINO	I would it might prove the end of his losses.
SOLANIO	Let me say "amen" betimes, lest the devil cross my
	prayer, for here he comes in the likeness of a Jew.
	[Enter Shylock.]
	How now, Shylock, what news among the merchants?
SHYLOCK	You knew, none so well, none so well as you,
	of my daughter's flight.
SALARINO	That's certain. I for my part knew the tailor
	that made the wings she flew withal.
SOLANIO	And Shylock for his own part knew the bird
	was fledge, and then it is the complexion of them
	all to leave the dam.
SHYLOCK	She is damned for it.
SALARINO	That's certain, if the devil may be her judge.
SHYLOCK	My own flesh and blood to rebel!
SOLANIO	Out upon it, old carrion! Rebels it at these years?
SHYLOCK	I say my daughter is my flesh and my blood.
SALARINO	There is more difference between thy flesh
	and hers than between jet and ivory, more between

your bloods than there is between red wine and
Rhenish. But tell us, do you hear whether Antonio
have had any loss at sea or no?

SHYLOCK   There I have another bad match! A bankrout,
a prodigal, who dare scarce show his head on
the Rialto, a beggar that was used to come so smug
upon the mart! Let him look to his bond. He was
wont to call me usurer; let him look to his bond. He
was wont to lend money for a Christian cur'sy; let
him look to his bond.

SALARINO   Why, I am sure if he forfeit, thou wilt not
take his flesh! What's that good for?

SHYLOCK   To bait fish withal; if it will feed nothing else,
it will feed my revenge. He hath disgraced me and
hindered me half a million, laughed at my losses,
mocked at my gains, scorned my nation, thwarted
my bargains, cooled my friends, heated mine enemies —
and what's his reason? I am a Jew. Hath not
a Jew eyes? Hath not a Jew hands, organs, dimensions,
senses, affections, passions? Fed with the
same food, hurt with the same weapons, subject to
the same diseases, healed by the same means,
warmed and cooled by the same winter and summer
as a Christian is? If you prick us, do we not
bleed? If you tickle us, do we not laugh? If you
poison us, do we not die? And if you wrong us, shall
we not revenge? If we are like you in the rest, we will
resemble you in that. If a Jew wrong a Christian,
what is his humility? Revenge. If a Christian wrong
a Jew, what should his sufferance be by Christian
example? Why, revenge! The villainy you teach me I

will execute, and it shall go hard but I will better the instruction.

[Enter a man from Antonio.]

SERVINGMAN Gentlemen, my master Antonio is at his
house and desires to speak with you both.

SALARINO We have been up and down to seek him.

[Enter Tubal.]

SOLANIO Here comes another of the tribe; 'a third
cannot be matched unless the devil himself turn Jew.

[Salarino, Solanio, and the Servingman exit.]

SHYLOCK How now, Tubal, what news from Genoa?
Hast thou found my daughter?

TUBAL I often came where I did hear of her, but
cannot find her.

SHYLOCK Why, there, there, there, there! A diamond
gone cost me two thousand ducats in Frankfurt!
The curse never fell upon our nation till now, I
never felt it till now. Two thousand ducats in that,
and other precious, precious jewels! I would my
daughter were dead at my foot and the jewels in her
ear; would she were hearsed at my foot and the
ducats in her coffin. No news of them? Why so? And
I know not what's spent in the search! Why, thou
loss upon loss! The thief gone with so much, and so
much to find the thief, and no satisfaction, no
revenge, nor no ill luck stirring but what lights a' my
shoulders, no sighs but a' my breathing, no tears but
a' my shedding.

TUBAL Yes, other men have ill luck, too. Antonio, as I
heard in Genoa —

SHYLOCK What, what, what? Ill luck, ill luck?

TUBAL	— hath an argosy cast away coming from Tripolis.
SHYLOCK	I thank God, I thank God! Is it true, is it true?
TUBAL	I spoke with some of the sailors that escaped the wrack.
SHYLOCK	I thank thee, good Tubal. Good news, good news! Ha, ha, heard in Genoa —
TUBAL	Your daughter spent in Genoa, as I heard, one night fourscore ducats.
SHYLOCK	Thou stick'st a dagger in me. I shall never see my gold again. Fourscore ducats at a sitting, fourscore ducats!
TUBAL	There came divers of Antonio's creditors in my company to Venice that swear he cannot choose but break.
SHYLOCK	I am very glad of it. I'll plague him, I'll torture him. I am glad of it.
TUBAL	One of them showed me a ring that he had of your daughter for a monkey.
SHYLOCK	Out upon her! Thou torturest me, Tubal. It was my turquoise! I had it of Leah when I was a bachelor. I would not have given it for a wilderness of monkeys.
TUBAL	But Antonio is certainly undone.
SHYLOCK	Nay, that's true, that's very true. Go, Tubal, fee me an officer. Bespeak him a fortnight before. I will have the heart of him if he forfeit, for were he out of Venice I can make what merchandise I will. Go, Tubal, and meet me at our synagogue. Go, good Tubal, at our synagogue, Tubal.

[They exit.]

ACT 3 Scene 2

Enter Bassanio, Portia, and all their trains, Gratiano, Nerissa.

PORTIA   I pray you tarry, pause a day or two
        Before you hazard, for in choosing wrong
        I lose your company; therefore forbear a while.
        There's something tells me (but it is not love)
        I would not lose you, and you know yourself
        Hate counsels not in such a quality.
        But lest you should not understand me well
        (And yet a maiden hath no tongue but thought)
        I would detain you here some month or two
        Before you venture for me. I could teach you
        How to choose right, but then I am forsworn.
        So will I never be. So may you miss me.
        But if you do, you'll make me wish a sin,
        That I had been forsworn. Beshrew your eyes,
        They have o'erlooked me and divided me.
        One half of me is yours, the other half yours —
        Mine own, I would say — but if mine, then yours,
        And so all yours. O, these naughty times
        Puts bars between the owners and their rights!
        And so though yours, not yours. Prove it so,
        Let Fortune go to hell for it, not I.
        I speak too long, but 'tis to peize the time,
        To eche it, and to draw it out in length,
        To stay you from election.

BASSANIO   Let me choose,

	For as I am, I live upon the rack.
PORTIA	Upon the rack, Bassanio? Then confess
	What treason there is mingled with your love.
BASSANIO	None but that ugly treason of mistrust,
	Which makes me fear th' enjoying of my love.
	There may as well be amity and life
	'Tween snow and fire, as treason and my love.
PORTIA	Ay, but I fear you speak upon the rack
	Where men enforced do speak anything.
BASSANIO	Promise me life and I'll confess the truth.
PORTIA	Well, then, confess and live.
BASSANIO	"Confess and love"

Had been the very sum of my confession.
O happy torment, when my torturer
Doth teach me answers for deliverance!
But let me to my fortune and the caskets.

PORTIA   Away, then. I am locked in one of them.
If you do love me, you will find me out. —
Nerissa and the rest, stand all aloof.
Let music sound while he doth make his choice.
Then if he lose he makes a swanlike end,
Fading in music. That the comparison
May stand more proper, my eye shall be the stream
And wat'ry deathbed for him. He may win,
And what is music then? Then music is
Even as the flourish when true subjects bow
To a new-crowned monarch. Such it is
As are those dulcet sounds in break of day
That creep into the dreaming bridegroom's ear
And summon him to marriage. Now he goes,
With no less presence but with much more love

Than young Alcides when he did redeem
The virgin tribute paid by howling Troy
To the sea-monster. I stand for sacrifice;
The rest aloof are the Dardanian wives,
With bleared visages, come forth to view
The issue of th' exploit. Go, Hercules!
Live thou, I live. With much much more dismay
I view the fight than thou that mak'st the fray.

          [A song the whilst Bassanio comments on
                   the caskets to himself.]

      Tell me where is fancy bred,
      Or in the heart, or in the head?
      How begot, how nourished?
        Reply, reply.
      It is engendered in the eye,
      With gazing fed, and fancy dies
      In the cradle where it lies.
      Let us all ring fancy's knell.
      I'll begin it. — Ding, dong, bell.

ALL   Ding, dong, bell.

BASSANIO So may the outward shows be least themselves;
The world is still deceived with ornament.
In law, what plea so tainted and corrupt
But, being seasoned with a gracious voice,
Obscures the show of evil? In religion,
What damned error but some sober brow
Will bless it and approve it with a text,
Hiding the grossness with fair ornament?
There is no vice so simple but assumes
Some mark of virtue on his outward parts.
How many cowards whose hearts are all as false

As stairs of sand, wear yet upon their chins
The beards of Hercules and frowning Mars,
Who inward searched have livers white as milk,
And these assume but valor's excrement
To render them redoubted. Look on beauty,
And you shall see 'tis purchased by the weight,
Which therein works a miracle in nature,
Making them lightest that wear most of it.
So are those crisped snaky golden locks,
Which maketh such wanton gambols with the wind
Upon supposed fairness, often known
To be the dowry of a second head,
The skull that bred them in the sepulcher.
Thus ornament is but the guiled shore
To a most dangerous sea, the beauteous scarf
Veiling an Indian beauty; in a word,
The seeming truth which cunning times put on
To entrap the wisest. Therefore, then, thou gaudy gold,
Hard food for Midas, I will none of thee.
Nor none of thee, thou pale and common drudge
'Tween man and man. But thou, thou meager lead,
Which rather threaten'st than dost promise aught,
Thy paleness moves me more than eloquence,
And here choose I. Joy be the consequence!

                          [Bassanio is given a key.]

PORTIA   [aside]

How all the other passions fleet to air,
As doubtful thoughts and rash embraced despair,
And shudd'ring fear, and green-eyed jealousy!
O love, be moderate, allay thy ecstasy,
In measure rain thy joy, scant this excess!

I feel too much thy blessing. Make it less,
For fear I surfeit.

           [Bassanio opens the lead casket.]

BASSANIO   What find I here?
Fair Portia's counterfeit! What demigod
Hath come so near creation? Move these eyes?
Or whether, riding on the balls of mine,
Seem they in motion? Here are severed lips
Parted with sugar breath; so sweet a bar
Should sunder such sweet friends. Here in her hairs
The painter plays the spider, and hath woven
A golden mesh t' entrap the hearts of men
Faster than gnats in cobwebs. But her eyes!
How could he see to do them? Having made one,
Methinks it should have power to steal both his
And leave itself unfurnished. Yet look how far
The substance of my praise doth wrong this shadow
In underprizing it, so far this shadow
Doth limp behind the substance. Here's the scroll,
The continent and summary of my fortune.

           [He reads the scroll.]

    You that choose not by the view
    Chance as fair and choose as true.
    Since this fortune falls to you,
    Be content and seek no new.
    If you be well pleased with this
    And hold your fortune for your bliss,
    Turn you where your lady is,
    And claim her with a loving kiss.
A gentle scroll! Fair lady, by your leave,
I come by note to give and to receive.

Like one of two contending in a prize
That thinks he hath done well in people's eyes,
Hearing applause and universal shout,
Giddy in spirit, still gazing in a doubt
Whether those peals of praise be his or no,
So, thrice-fair lady, stand I even so,
As doubtful whether what I see be true,
Until confirmed, signed, ratified by you.

PORTIA　You see me, Lord Bassanio, where I stand,
Such as I am. Though for myself alone
I would not be ambitious in my wish
To wish myself much better, yet for you
I would be trebled twenty times myself,
A thousand times more fair, ten thousand times
More rich, that only to stand high in your account
I might in virtues, beauties, livings, friends,
Exceed account. But the full sum of me
Is sum of something, which, to term in gross,
Is an unlessoned girl, unschooled, unpracticed;
Happy in this, she is not yet so old
But she may learn; happier than this,
She is not bred so dull but she can learn;
Happiest of all, is that her gentle spirit
Commits itself to yours to be directed
As from her lord, her governor, her king.
Myself, and what is mine, to you and yours
Is now converted. But now I was the lord
Of this fair mansion, master of my servants,
Queen o'er myself; and even now, but now,
This house, these servants, and this same myself
Are yours, my lord's. I give them with this ring,

[Handing him a ring.]

Which, when you part from, lose, or give away,
Let it presage the ruin of your love,
And be my vantage to exclaim on you.

BASSANIO Madam, you have bereft me of all words.
Only my blood speaks to you in my veins,
And there is such confusion in my powers
As after some oration fairly spoke
By a beloved prince there doth appear
Among the buzzing pleased multitude,
Where every something being blent together
Turns to a wild of nothing, save of joy
Expressed and not expressed. But when this ring
Parts from this finger, then parts life from hence.
O, then be bold to say Bassanio's dead!

NERISSA My lord and lady, it is now our time,
That have stood by and seen our wishes prosper,
To cry "Good joy, good joy, my lord and lady!"

GRATIANO My Lord Bassanio, and my gentle lady,
I wish you all the joy that you can wish,
For I am sure you can wish none from me.
And when your honors mean to solemnize
The bargain of your faith, I do beseech you
Even at that time I may be married too.

BASSANIO With all my heart, so thou canst get a wife.

GRATIANO I thank your Lordship, you have got me one.
My eyes, my lord, can look as swift as yours:
You saw the mistress, I beheld the maid.
You loved, I loved; for intermission
No more pertains to me, my lord, than you.
Your fortune stood upon the caskets there,

And so did mine, too, as the matter falls.

For wooing here until I sweat again,

And swearing till my very roof was dry

With oaths of love, at last (if promise last)

I got a promise of this fair one here

To have her love, provided that your fortune

Achieved her mistress.

PORTIA   Is this true, Nerissa?

NERISSA   Madam, it is, so you stand pleased withal.

BASSANIO   And do you, Gratiano, mean good faith?

GRATIANO   Yes, faith, my lord.

BASSANIO   Our feast shall be much honored in your marriage.

GRATIANO   We'll play with them the first boy for a thousand ducats.

NERISSA   What, and stake down?

GRATIANO   No, we shall ne'er win at that sport and stake down.

[Enter Lorenzo, Jessica, and Salerio, a messenger

from Venice.]

But who comes here? Lorenzo and his infidel?

What, and my old Venetian friend Salerio?

BASSANIO   Lorenzo and Salerio, welcome hither — If that the

youth of my new int'rest here Have power to bid

you welcome. [To Portia.] By your leave,

I bid my very friends and countrymen,

Sweet Portia, welcome.

PORTIA   So do I, my lord. They are entirely welcome.

LORENZO   [to Bassanio]

I thank your Honor. For my part, my lord,

My purpose was not to have seen you here,

But meeting with Salerio by the way,

He did entreat me past all saying nay

To come with him along.

SALERIO   I did, my lord,
And I have reason for it.   [Handing him a paper.]
                    Signior Antonio
Commends him to you.

BASSANIO   Ere I ope his letter,
I pray you tell me how my good friend doth.

SALERIO   Not sick, my lord, unless it be in mind,
Nor well, unless in mind. His letter there
Will show you his estate.

                    [Bassanio opens the letter.]

GRATIANO   Nerissa, cheer yond stranger, bid her welcome. —
Your hand, Salerio. What's the news from Venice?
How doth that royal merchant, good Antonio?
I know he will be glad of our success.
We are the Jasons, we have won the Fleece.

SALERIO   I would you had won the fleece that he hath lost.

PORTIA   There are some shrewd contents in yond same paper
That steals the color from Bassanio's cheek.
Some dear friend dead, else nothing in the world
Could turn so much the constitution
Of any constant man. What, worse and worse? —
With leave, Bassanio, I am half yourself,
And I must freely have the half of anything
That this same paper brings you.

BASSANIO   O sweet Portia,
Here are a few of the unpleasant'st words
That ever blotted paper. Gentle lady,
When I did first impart my love to you,
I freely told you all the wealth I had
Ran in my veins: I was a gentleman.
And then I told you true; and yet, dear lady,

190

Rating myself at nothing, you shall see
How much I was a braggart. When I told you
My state was nothing, I should then have told you
That I was worse than nothing; for indeed
I have engaged myself to a dear friend,
Engaged my friend to his mere enemy
To feed my means. Here is a letter, lady,
The paper as the body of my friend,
And every word in it a gaping wound
Issuing life blood. — But is it true, Salerio?
Hath all his ventures failed? What, not one hit?
From Tripolis, from Mexico and England,
From Lisbon, Barbary, and India,
And not one vessel 'scape the dreadful touch
Of merchant-marring rocks?

SALERIO   Not one, my lord.
Besides, it should appear that if he had
The present money to discharge the Jew,
He would not take it. Never did I know
A creature that did bear the shape of man
So keen and greedy to confound a man.
He plies the Duke at morning and at night,
And doth impeach the freedom of the state
If they deny him justice. Twenty merchants,
The Duke himself, and the magnificoes
Of greatest port have all persuaded with him,
But none can drive him from the envious plea
Of forfeiture, of justice, and his bond.

JESSICA   When I was with him, I have heard him swear
To Tubal and to Chus, his countrymen,
That he would rather have Antonio's flesh

Than twenty times the value of the sum

That he did owe him. And I know, my lord,

If law, authority, and power deny not,

It will go hard with poor Antonio.

PORTIA Is it your dear friend that is thus in trouble?

BASSANIO The dearest friend to me, the kindest man,

The best conditioned and unwearied spirit

In doing courtesies, and one in whom

The ancient Roman honor more appears

Than any that draws breath in Italy.

PORTIA What sum owes he the Jew?

BASSANIO For me, three thousand ducats.

PORTIA   What, no more?

Pay him six thousand and deface the bond.

Double six thousand and then treble that,

Before a friend of this description

Shall lose a hair through Bassanio's fault.

First go with me to church and call me wife,

And then away to Venice to your friend!

For never shall you lie by Portia's side

With an unquiet soul. You shall have gold

To pay the petty debt twenty times over.

When it is paid, bring your true friend along.

My maid Nerissa and myself meantime

Will live as maids and widows. Come, away,

For you shall hence upon your wedding day.

Bid your friends welcome, show a merry cheer;

Since you are dear bought, I will love you dear.

But let me hear the letter of your friend.

[BASSANIO reads.]

Sweet Bassanio, my ships have all miscarried, my

creditors grow cruel, my estate is very low, my bond to
the Jew is forfeit, and since in paying it, it is impossible
I should live, all debts are cleared between you and I if
I might but see you at my death. Notwithstanding, use
your pleasure. If your love do not persuade you to
come, let not my letter.

PORTIA   O love, dispatch all business and begone!

BASSANIO   Since I have your good leave to go away,
I will make haste. But till I come again,
No bed shall e'er be guilty of my stay,
Nor rest be interposer 'twixt us twain.

[They exit.]

ACT 3 Scene 3

Enter Shylock, the Jew, and Solanio, and Antonio,
and the Jailer.

SHYLOCK   Jailer, look to him. Tell not me of mercy.
This is the fool that lent out money gratis.
Jailer, look to him.

ANTONIO   Hear me yet, good Shylock —

SHYLOCK   I'll have my bond. Speak not against my bond.
I have sworn an oath that I will have my bond.
Thou call'dst me dog before thou hadst a cause,
But since I am a dog, beware my fangs.
The Duke shall grant me justice. — I do wonder,
Thou naughty jailer, that thou art so fond
To come abroad with him at his request.

ANTONIO   I pray thee, hear me speak —

SHYLOCK   I'll have my bond. I will not hear thee speak.

   I'll have my bond, and therefore speak no more.

   I'll not be made a soft and dull-eyed fool,

   To shake the head, relent, and sigh, and yield

   To Christian intercessors. Follow not!

   I'll have no speaking. I will have my bond.

                                          [He exits.]

SOLANIO   It is the most impenetrable cur

   That ever kept with men.

ANTONIO   Let him alone.

   I'll follow him no more with bootless prayers.

   He seeks my life. His reason well I know:

   I oft delivered from his forfeitures

   Many that have at times made moan to me.

   Therefore he hates me.

SOLANIO   I am sure the Duke

   Will never grant this forfeiture to hold.

ANTONIO   The Duke cannot deny the course of law,

   For the commodity that strangers have

   With us in Venice, if it be denied,

   Will much impeach the justice of the state,

   Since that the trade and profit of the city

   Consisteth of all nations. Therefore go.

   These griefs and losses have so bated me

   That I shall hardly spare a pound of flesh

   Tomorrow to my bloody creditor. —

   Well, jailer, on. — Pray God Bassanio come

   To see me pay his debt, and then I care not.

                                          [They exit.]

ACT 3 Scene 4

Enter Portia, Nerissa, Lorenzo, Jessica, and Balthazar,
a man of Portia's.

LORENZO   Madam, although I speak it in your presence,

You have a noble and a true conceit

Of godlike amity, which appears most strongly

In bearing thus the absence of your lord.

But if you knew to whom you show this honor,

How true a gentleman you send relief,

How dear a lover of my lord your husband,

I know you would be prouder of the work

Than customary bounty can enforce you.

PORTIA   I never did repent for doing good,

Nor shall not now; for in companions

That do converse and waste the time together,

Whose souls do bear an equal yoke of love,

There must be needs a like proportion

Of lineaments, of manners, and of spirit;

Which makes me think that this Antonio,

Being the bosom lover of my lord,

Must needs be like my lord. If it be so,

How little is the cost I have bestowed

In purchasing the semblance of my soul

From out the state of hellish cruelty!

This comes too near the praising of myself;

Therefore no more of it. Hear other things:

Lorenzo, I commit into your hands

The husbandry and manage of my house

Until my lord's return. For mine own part,

I have toward heaven breathed a secret vow

To live in prayer and contemplation,

Only attended by Nerissa here,

Until her husband and my lord's return.

There is a monastery two miles off,

And there we will abide. I do desire you

Not to deny this imposition,

The which my love and some necessity

Now lays upon you.

LORENZO   Madam, with all my heart.

I shall obey you in all fair commands.

PORTIA   My people do already know my mind

And will acknowledge you and Jessica

In place of Lord Bassanio and myself.

So fare you well till we shall meet again.

LORENZO   Fair thoughts and happy hours attend on you!

JESSICA   I wish your Ladyship all heart's content.

PORTIA   I thank you for your wish, and am well pleased

To wish it back on you. Fare you well, Jessica.

[Lorenzo and Jessica exit.]

Now, Balthazar,

As I have ever found thee honest true,

So let me find thee still: take this same letter,

And use thou all th' endeavor of a man

In speed to Padua. See thou render this

Into my cousin's hands, Doctor Bellario.

[She gives him a paper.]

And look what notes and garments he doth give thee,

Bring them, I pray thee, with imagined speed

Unto the traject, to the common ferry

	Which trades to Venice. Waste no time in words,

Which trades to Venice. Waste no time in words,

But get thee gone. I shall be there before thee.

BALTHAZAR   Madam, I go with all convenient speed. [He exits.]

PORTIA   Come on, Nerissa, I have work in hand

That you yet know not of. We'll see our husbands

Before they think of us.

NERISSA   Shall they see us?

PORTIA   They shall, Nerissa, but in such a habit

That they shall think we are accomplished

With that we lack. I'll hold thee any wager,

When we are both accoutered like young men,

I'll prove the prettier fellow of the two,

And wear my dagger with the braver grace,

And speak between the change of man and boy

With a reed voice, and turn two mincing steps

Into a manly stride, and speak of frays

Like a fine bragging youth, and tell quaint lies

How honorable ladies sought my love,

Which I denying, they fell sick and died —

I could not do withal! — then I'll repent,

And wish, for all that, that I had not killed them.

And twenty of these puny lies I'll tell,

That men shall swear I have discontinued school

Above a twelvemonth. I have within my mind

A thousand raw tricks of these bragging jacks

Which I will practice.

NERISSA   Why, shall we turn to men?

PORTIA   Fie, what a question's that,

If thou wert near a lewd interpreter!

But come, I'll tell thee all my whole device

When I am in my coach, which stays for us

At the park gate; and therefore haste away,

For we must measure twenty miles today.

[They exit.]

ACT 3 Scene 5

Enter Lancelet, the Clown, and Jessica.

LANCELET   Yes, truly, for look you, the sins of the father are to
be laid upon the children. Therefore I promise you
I fear you. I was always plain with you, and so now
I speak my agitation of the matter. Therefore be o'
good cheer, for truly I think you are damned. There
is but one hope in it that can do you any good, and
that is but a kind of bastard hope neither.

JESSICA   And what hope is that, I pray thee?

LANCELET   Marry, you may partly hope that your father
got you not, that you are not the Jew's daughter.

JESSICA   That were a kind of bastard hope indeed; so
the sins of my mother should be visited upon me!

LANCELET   Truly, then, I fear you are damned both by father
and mother; thus when I shun Scylla your father, I
fall into Charybdis your mother. Well, you are gone
both ways.

JESSICA   I shall be saved by my husband. He hath made me a
Christian.

LANCELET   Truly the more to blame he! We were Christians
enow before, e'en as many as could well live
one by another. This making of Christians will

raise the price of hogs. If we grow all to be pork
eaters, we shall not shortly have a rasher on the
coals for money.

[Enter Lorenzo.]

JESSICA I'll tell my husband, Lancelet, what you say.
Here he comes.

LORENZO I shall grow jealous of you shortly, Lancelet,
if you thus get my wife into corners!

JESSICA Nay, you need not fear us, Lorenzo. Lancelet
and I are out. He tells me flatly there's no mercy for
me in heaven because I am a Jew's daughter; and
he says you are no good member of the commonwealth,
for in converting Jews to Christians you
raise the price of pork.

LORENZO I shall answer that better to the commonwealth
than you can the getting up of the Negro's
belly! The Moor is with child by you, Lancelet.

LANCELET It is much that the Moor should be more
than reason; but if she be less than an honest
woman, she is indeed more than I took her for.

LORENZO How every fool can play upon the word! I think
the best grace of wit will shortly turn into silence,
and discourse grow commendable in none only but
parrots. Go in, sirrah, bid them prepare for dinner.

LANCELET That is done, sir. They have all stomachs.

LORENZO Goodly Lord, what a wit-snapper are you!
Then bid them prepare dinner.

LANCELET That is done too, sir, only "cover" is the word.

LORENZO Will you cover, then, sir?

LANCELET Not so, sir, neither! I know my duty.

LORENZO Yet more quarreling with occasion! Wilt

	thou show the whole wealth of thy wit in an
	instant? I pray thee understand a plain man in his
	plain meaning: go to thy fellows, bid them cover the
	table, serve in the meat, and we will come in to dinner.

LANCELET For the table, sir, it shall be served in; for the meat,
sir, it shall be covered; for your coming in to dinner,
sir, why, let it be as humors and conceits shall govern.

[Lancelet exits.]

LORENZO O dear discretion, how his words are suited!
The fool hath planted in his memory
An army of good words, and I do know
A many fools that stand in better place,
Garnished like him, that for a tricksy word
Defy the matter. How cheer'st thou, Jessica?
And now, good sweet, say thy opinion
How dost thou like the Lord Bassanio's wife?

JESSICA Past all expressing. It is very meet
The Lord Bassanio live an upright life,
For having such a blessing in his lady
He finds the joys of heaven here on Earth,
And if on Earth he do not merit it,
In reason he should never come to heaven.
Why, if two gods should play some heavenly match,
And on the wager lay two earthly women,
And Portia one, there must be something else
Pawned with the other, for the poor rude world
Hath not her fellow.

LORENZO   Even such a husband
Hast thou of me as she is for a wife.

JESSICA Nay, but ask my opinion too of that!

LORENZO I will anon. First let us go to dinner.

JESSICA	Nay, let me praise you while I have a stomach!
LORENZO	No, pray thee, let it serve for table talk.
	Then howsome'er thou speak'st, 'mong other things
	I shall digest it.
JESSICA	Well, I'll set you forth.

[They exit.]

ACT 4 Scene 1

Enter the Duke, the Magnificoes, Antonio, Bassanio,
Salerio, and Gratiano, with Attendants.

DUKE	What, is Antonio here?
ANTONIO	Ready, so please your Grace.
DUKE	I am sorry for thee. Thou art come to answer
	A stony adversary, an inhuman wretch,
	Uncapable of pity, void and empty
	From any dram of mercy.
ANTONIO	I have heard
	Your Grace hath ta'en great pains to qualify
	His rigorous course; but since he stands obdurate,
	And that no lawful means can carry me
	Out of his envy's reach, I do oppose
	My patience to his fury, and am armed
	To suffer with a quietness of spirit
	The very tyranny and rage of his.
DUKE	Go, one, and call the Jew into the court.
SALERIO	He is ready at the door. He comes, my lord.

[Enter Shylock.]

DUKE   Make room, and let him stand before our face. —
        Shylock, the world thinks, and I think so too,
        That thou but leadest this fashion of thy malice
        To the last hour of act, and then, 'tis thought,
        Thou 'lt show thy mercy and remorse more strange
        Than is thy strange apparent cruelty;
        And where thou now exacts the penalty,
        Which is a pound of this poor merchant's flesh,
        Thou wilt not only loose the forfeiture,
        But, touched with humane gentleness and love,
        Forgive a moi'ty of the principal,
        Glancing an eye of pity on his losses
        That have of late so huddled on his back,
        Enow to press a royal merchant down
        And pluck commiseration of his state
        From brassy bosoms and rough hearts of flint,
        From stubborn Turks, and Tartars never trained
        To offices of tender courtesy.
        We all expect a gentle answer, Jew.

SHYLOCK I have possessed your Grace of what I purpose,
        And by our holy Sabbath have I sworn
        To have the due and forfeit of my bond.
        If you deny it, let the danger light
        Upon your charter and your city's freedom!
        You'll ask me why I rather choose to have
        A weight of carrion flesh than to receive
        Three thousand ducats. I'll not answer that,
        But say it is my humor. Is it answered?
        What if my house be troubled with a rat,
        And I be pleased to give ten thousand ducats
        To have it baned? What, are you answered yet?

Some men there are love not a gaping pig,
Some that are mad if they behold a cat,
And others, when the bagpipe sings i' th' nose,
Cannot contain their urine; for affection
Masters oft passion, sways it to the mood
Of what it likes or loathes. Now for your answer:
As there is no firm reason to be rendered
Why he cannot abide a gaping pig,
Why he a harmless necessary cat,
Why he a woolen bagpipe, but of force
Must yield to such inevitable shame
As to offend, himself being offended,
So can I give no reason, nor I will not,
More than a lodged hate and a certain loathing
I bear Antonio, that I follow thus
A losing suit against him. Are you answered?

BASSANIO   This is no answer, thou unfeeling man,
To excuse the current of thy cruelty.

SHYLOCK   I am not bound to please thee with my answers.

BASSANIO   Do all men kill the things they do not love?

SHYLOCK   Hates any man the thing he would not kill?

BASSANIO   Every offence is not a hate at first.

SHYLOCK   What, wouldst thou have a serpent sting thee twice?

ANTONIO   [to Bassanio]
I pray you, think you question with the Jew.
You may as well go stand upon the beach
And bid the main flood bate his usual height;
You may as well use question with the wolf
Why he hath made the ewe bleat for the lamb;
You may as well forbid the mountain pines
To wag their high tops and to make no noise

When they are fretten with the gusts of heaven;

You may as well do anything most hard

As seek to soften that than which what's harder? —

His Jewish heart. Therefore I do beseech you

Make no more offers, use no farther means,

But with all brief and plain conveniency

Let me have judgment and the Jew his will.

BASSANIO   For thy three thousand ducats here is six.

SHYLOCK   If every ducat in six thousand ducats

Were in six parts, and every part a ducat,

I would not draw them. I would have my bond.

DUKE   How shalt thou hope for mercy, rend'ring none?

SHYLOCK   What judgment shall I dread, doing no wrong?

You have among you many a purchased slave,

Which, like your asses and your dogs and mules,

You use in abject and in slavish parts

Because you bought them. Shall I say to you

"Let them be free! Marry them to your heirs!

Why sweat they under burdens? Let their beds

Be made as soft as yours, and let their palates

Be seasoned with such viands"? You will answer

"The slaves are ours!" So do I answer you:

The pound of flesh which I demand of him

Is dearly bought; 'tis mine and I will have it.

If you deny me, fie upon your law:

There is no force in the decrees of Venice.

I stand for judgment. Answer: shall I have it?

DUKE   Upon my power I may dismiss this court

Unless Bellario, a learned doctor

Whom I have sent for to determine this,

Come here today.

SALERIO	My lord, here stays without
	A messenger with letters from the doctor,
	New come from Padua.
DUKE	Bring us the letters. Call the messenger.
BASSANIO	Good cheer, Antonio! What, man, courage yet!
	The Jew shall have my flesh, blood, bones, and all
	Ere thou shalt lose for me one drop of blood!
ANTONIO	I am a tainted wether of the flock,
	Meetest for death. The weakest kind of fruit
	Drops earliest to the ground, and so let me.
	You cannot better be employed, Bassanio,
	Than to live still and write mine epitaph.

[Enter Nerissa, disguised as a lawyer's clerk.]

DUKE	Came you from Padua, from Bellario?
NERISSA	[as Clerk]
	From both, my lord. Bellario greets your Grace.

[Handing him a paper, which he reads, aside, while Shylock sharpens his knife on the sole of his shoe.]

BASSANIO	Why dost thou whet thy knife so earnestly?
SHYLOCK	To cut the forfeiture from that bankrout there.
GRATIANO	Not on thy sole but on thy soul, harsh Jew,
	Thou mak'st thy knife keen. But no metal can,
	No, not the hangman's axe, bear half the keenness
	Of thy sharp envy. Can no prayers pierce thee?
SHYLOCK	No, none that thou hast wit enough to make.
GRATIANO	O, be thou damned, inexecrable dog,
	And for thy life let justice be accused;
	Thou almost mak'st me waver in my faith,
	To hold opinion with Pythagoras
	That souls of animals infuse themselves
	Into the trunks of men. Thy currish spirit

Governed a wolf who, hanged for human slaughter,

Even from the gallows did his fell soul fleet,

And whilst thou layest in thy unhallowed dam,

Infused itself in thee, for thy desires

Are wolfish, bloody, starved, and ravenous.

SHYLOCK   Till thou canst rail the seal from off my bond,

Thou but offend'st thy lungs to speak so loud.

Repair thy wit, good youth, or it will fall

To cureless ruin. I stand here for law.

DUKE   This letter from Bellario doth commend

A young and learned doctor to our court.

Where is he?

NERISSA   [as Clerk] He attendeth here hard by

To know your answer whether you'll admit him.

DUKE   With all my heart. — Some three or four of you

Go give him courteous conduct to this place.

[Attendants exit.]

Meantime the court shall hear Bellario's letter.

[He reads.]

Your Grace shall understand that, at the receipt of

your letter, I am very sick, but in the instant that your

messenger came, in loving visitation was with me a

young doctor of Rome. His name is Balthazar. I

acquainted him with the cause in controversy between

the Jew and Antonio the merchant. We turned o'er

many books together. He is furnished with my opinion,

which, bettered with his own learning (the greatness

whereof I cannot enough commend), comes with

him at my importunity to fill up your Grace's request

in my stead. I beseech you let his lack of years be no

impediment to let him lack a reverend estimation, for I

never knew so young a body with so old a head. I leave him to your gracious acceptance, whose trial shall better publish his commendation.

You hear the learned Bellario what he writes.

[Enter Portia for Balthazar, disguised as a doctor of laws, with Attendants.]

And here I take it is the doctor come. — Give me your hand. Come you from old Bellario?

PORTIA [as Balthazar]
I did, my lord.

DUKE   You are welcome. Take your place.
Are you acquainted with the difference
That holds this present question in the court?

PORTIA [as Balthazar] I am informed throughly of the cause.
Which is the merchant here? And which the Jew?

DUKE Antonio and old Shylock, both stand forth.

PORTIA [as Balthazar] Is your name Shylock?

SHYLOCK Shylock is my name.

PORTIA [as Balthazar]
Of a strange nature is the suit you follow,
Yet in such rule that the Venetian law
Cannot impugn you as you do proceed.
[To Antonio.] You stand within his danger, do you not?

ANTONIO Ay, so he says.

PORTIA [as Balthazar] Do you confess the bond?

ANTONIO I do.

PORTIA [as Balthazar] Then must the Jew be merciful.

SHYLOCK On what compulsion must I? Tell me that.

PORTIA [as Balthazar]
The quality of mercy is not strained.
It droppeth as the gentle rain from heaven

Upon the place beneath. It is twice blest:
It blesseth him that gives and him that takes.
'Tis mightiest in the mightiest; it becomes
The thronèd monarch better than his crown.
His scepter shows the force of temporal power,
The attribute to awe and majesty
Wherein doth sit the dread and fear of kings;
But mercy is above this sceptered sway.
It is enthronèd in the hearts of kings;
It is an attribute to God Himself;
And earthly power doth then show likest God's
When mercy seasons justice. Therefore, Jew,
Though justice be thy plea, consider this:
That in the course of justice none of us
Should see salvation. We do pray for mercy,
And that same prayer doth teach us all to render
The deeds of mercy. I have spoke thus much
To mitigate the justice of thy plea, Which,
if thou follow, this strict court of Venice
Must needs give sentence 'gainst the merchant there.

SHYLOCK   My deeds upon my head! I crave the law,
The penalty and forfeit of my bond.

PORTIA   [as Balthazar]
Is he not able to discharge the money?

BASSANIO   Yes. Here I tender it for him in the court,
Yea, twice the sum. If that will not suffice,
I will be bound to pay it ten times o'er
On forfeit of my hands, my head, my heart.
If this will not suffice, it must appear That malice
bears down truth. [To the Duke.] And I beseech you,
Wrest once the law to your authority.

	To do a great right, do a little wrong,
	And curb this cruel devil of his will.
PORTIA	[as Balthazar]
	It must not be. There is no power in Venice
	Can alter a decree established;
	'Twill be recorded for a precedent
	And many an error by the same example
	Will rush into the state. It cannot be.
SHYLOCK	A Daniel come to judgment! Yea, a Daniel.
	O wise young judge, how I do honor thee!
PORTIA	[as Balthazar]
	I pray you let me look upon the bond.
SHYLOCK	Here 'tis, most reverend doctor, here it is.
	[Handing Portia a paper.]
PORTIA	[as Balthazar]
	Shylock, there's thrice thy money offered thee.
SHYLOCK	An oath, an oath, I have an oath in heaven!
	Shall I lay perjury upon my soul?
	No, not for Venice!
PORTIA	[as Balthazar] Why, this bond is forfeit,
	And lawfully by this the Jew may claim
	A pound of flesh, to be by him cut off
	Nearest the merchant's heart. — Be merciful;
	Take thrice thy money; bid me tear the bond.
SHYLOCK	When it is paid according to the tenor.
	It doth appear you are a worthy judge;
	You know the law; your exposition
	Hath been most sound. I charge you by the law,
	Whereof you are a well-deserving pillar,
	Proceed to judgment. By my soul I swear
	There is no power in the tongue of man

	To alter me. I stay here on my bond.
ANTONIO	Most heartily I do beseech the court
	To give the judgment.
PORTIA	[as Balthazar] Why, then, thus it is:
	You must prepare your bosom for his knife —
SHYLOCK	O noble judge! O excellent young man!
PORTIA	[as Balthazar]
	For the intent and purpose of the law
	Hath full relation to the penalty,
	Which here appeareth due upon the bond.
SHYLOCK	'Tis very true. O wise and upright judge,
	How much more elder art thou than thy looks!
PORTIA	[as Balthazar, to Antonio]
	Therefore lay bare your bosom —
SHYLOCK	Ay, his breast!
	So says the bond, doth it not, noble judge?
	"Nearest his heart." Those are the very words.
PORTIA	[as Balthazar] It is so.
	Are there balance here to weigh the flesh?
SHYLOCK	I have them ready.
PORTIA	[as Balthazar]
	Have by some surgeon, Shylock, on your charge,
	To stop his wounds, lest he do bleed to death.
SHYLOCK	Is it so nominated in the bond?
PORTIA	[as Balthazar]
	It is not so expressed, but what of that?
	'Twere good you do so much for charity.
SHYLOCK	I cannot find it. 'Tis not in the bond.
PORTIA	[as Balthazar]
	You, merchant, have you anything to say?
ANTONIO	But little. I am armed and well prepared. —

Give me your hand, Bassanio. Fare you well.

Grieve not that I am fall'n to this for you,

For herein Fortune shows herself more kind

Than is her custom: it is still her use

To let the wretched man outlive his wealth,

To view with hollow eye and wrinkled brow

An age of poverty, from which ling'ring penance

Of such misery doth she cut me off.

Commend me to your honorable wife,

Tell her the process of Antonio's end,

Say how I loved you, speak me fair in death,

And when the tale is told, bid her be judge

Whether Bassanio had not once a love.

Repent but you that you shall lose your friend

And he repents not that he pays your debt.

For if the Jew do cut but deep enough,

I'll pay it instantly with all my heart.

BASSANIO   Antonio, I am married to a wife

Which is as dear to me as life itself,

But life itself, my wife, and all the world

Are not with me esteemed above thy life.

I would lose all, ay, sacrifice them all

Here to this devil, to deliver you.

PORTIA   [aside]

Your wife would give you little thanks for that

If she were by to hear you make the offer.

GRATIANO   I have a wife who I protest I love.

I would she were in heaven, so she could

Entreat some power to change this currish Jew.

NERISSA   [aside]

'Tis well you offer it behind her back.

The wish would make else an unquiet house.

SHYLOCK   These be the Christian husbands! I have a

daughter —

Would any of the stock of Barabbas

Had been her husband, rather than a Christian!

We trifle time. I pray thee, pursue sentence.

PORTIA   [as Balthazar]

A pound of that same merchant's flesh is thine:

The court awards it, and the law doth give it.

SHYLOCK   Most rightful judge!

PORTIA   [as Balthazar]

And you must cut this flesh from off his breast:

The law allows it, and the court awards it.

SHYLOCK   Most learned judge! A sentence! — Come, prepare.

PORTIA   [as Balthazar]

Tarry a little. There is something else.

This bond doth give thee here no jot of blood.

The words expressly are "a pound of flesh."

Take then thy bond, take thou thy pound of flesh,

But in the cutting it, if thou dost shed

One drop of Christian blood, thy lands and goods

Are by the laws of Venice confiscate

Unto the state of Venice.

GRATIANO   O upright judge! — Mark, Jew. — O learned judge!

SHYLOCK   Is that the law?

PORTIA   [as Balthazar] Thyself shalt see the act.

For, as thou urgest justice, be assured

Thou shalt have justice more than thou desir'st.

GRATIANO   O learned judge! — Mark, Jew, a learned judge!

SHYLOCK   I take this offer then. Pay the bond thrice

And let the Christian go.

BASSANIO	Here is the money.
PORTIA	[as Balthazar]
	Soft! The Jew shall have all justice. Soft, no haste!
	He shall have nothing but the penalty.
GRATIANO	O Jew, an upright judge, a learned judge!
PORTIA	[as Balthazar]
	Therefore prepare thee to cut off the flesh.
	Shed thou no blood, nor cut thou less nor more
	But just a pound of flesh. If thou tak'st more
	Or less than a just pound, be it but so much
	As makes it light or heavy in the substance
	Or the division of the twentieth part
	Of one poor scruple — nay, if the scale do turn
	But in the estimation of a hair,
	Thou diest, and all thy goods are confiscate.
GRATIANO	A second Daniel! A Daniel, Jew!
	Now, infidel, I have you on the hip.
PORTIA	[as Balthazar]
	Why doth the Jew pause? Take thy forfeiture.
SHYLOCK	Give me my principal and let me go.
BASSANIO	I have it ready for thee. Here it is.
PORTIA	[as Balthazar]
	He hath refused it in the open court.
	He shall have merely justice and his bond.
GRATIANO	A Daniel still, say I! A second Daniel! —
	I thank thee, Jew, for teaching me that word.
SHYLOCK	Shall I not have barely my principal?
PORTIA	[as Balthazar]
	Thou shalt have nothing but the forfeiture
	To be so taken at thy peril, Jew.
SHYLOCK	Why, then, the devil give him good of it!

	I'll stay no longer question. [He begins to exit.]
PORTIA	[as Balthazar] Tarry, Jew.

The law hath yet another hold on you.

It is enacted in the laws of Venice,

If it be proved against an alien

That by direct or indirect attempts

He seek the life of any citizen,

The party 'gainst the which he doth contrive

Shall seize one half his goods; the other half

Comes to the privy coffer of the state,

And the offender's life lies in the mercy

Of the Duke only, 'gainst all other voice.

In which predicament I say thou stand'st,

For it appears by manifest proceeding

That indirectly, and directly too,

Thou hast contrived against the very life

Of the defendant, and thou hast incurred

The danger formerly by me rehearsed.

Down, therefore, and beg mercy of the Duke.

GRATIANO   Beg that thou mayst have leave to hang thyself!

And yet, thy wealth being forfeit to the state,

Thou hast not left the value of a cord; Therefore

thou must be hanged at the state's charge.

DUKE   That thou shalt see the difference of our spirit,

I pardon thee thy life before thou ask it.

For half thy wealth, it is Antonio's;

The other half comes to the general state,

Which humbleness may drive unto a fine.

PORTIA   [as Balthazar]

Ay, for the state, not for Antonio.

SHYLOCK   Nay, take my life and all. Pardon not that.

	You take my house when you do take the prop
	That doth sustain my house; you take my life
	When you do take the means whereby I live.
PORTIA	[as Balthazar]
	What mercy can you render him, Antonio?
GRATIANO	A halter gratis, nothing else, for God's sake!
ANTONIO	So please my lord the Duke and all the court
	To quit the fine for one half of his goods,
	I am content, so he will let me have
	The other half in use, to render it
	Upon his death unto the gentleman
	That lately stole his daughter.
	Two things provided more: that for this favor
	He presently become a Christian;
	The other, that he do record a gift,
	Here in the court, of all he dies possessed
	Unto his son Lorenzo and his daughter.
DUKE	He shall do this, or else I do recant
	The pardon that I late pronounced here.
PORTIA	[as Balthazar]
	Art thou contented, Jew? What dost thou say?
SHYLOCK	I am content.
PORTIA	[as Balthazar] Clerk, draw a deed of gift.
SHYLOCK	I pray you give me leave to go from hence.
	I am not well. Send the deed after me
	And I will sign it.
DUKE	Get thee gone, but do it.
GRATIANO	In christ'ning shalt thou have two godfathers.
	Had I been judge, thou shouldst have had ten more,
	To bring thee to the gallows, not to the font.

[Shylock exits.]

DUKE   [to Portia as Balthazar]

Sir, I entreat you home with me to dinner.

PORTIA   [as Balthazar]

I humbly do desire your Grace of pardon.

I must away this night toward Padua,

And it is meet I presently set forth.

DUKE   I am sorry that your leisure serves you not. —

Antonio, gratify this gentleman,

For in my mind you are much bound to him.

[The Duke and his train exit.]

BASSANIO   [to Portia as Balthazar]

Most worthy gentleman, I and my friend

Have by your wisdom been this day acquitted

Of grievous penalties, in lieu whereof

Three thousand ducats due unto the Jew

We freely cope your courteous pains withal.

ANTONIO   And stand indebted, over and above,

In love and service to you evermore.

PORTIA   [as Balthazar]

He is well paid that is well satisfied,

And I, delivering you, am satisfied,

And therein do account myself well paid.

My mind was never yet more mercenary.

I pray you know me when we meet again.

I wish you well, and so I take my leave.

[She begins to exit.]

BASSANIO   Dear sir, of force I must attempt you further.

Take some remembrance of us as a tribute,

Not as fee. Grant me two things, I pray you:

Not to deny me, and to pardon me.

PORTIA   [as Balthazar]

You press me far, and therefore I will yield.

Give me your gloves; I'll wear them for your sake —

And for your love I'll take this ring from you.

Do not draw back your hand; I'll take no more,

And you in love shall not deny me this.

BASSANIO   This ring, good sir? Alas, it is a trifle.

I will not shame myself to give you this.

PORTIA   [as Balthazar]

I will have nothing else but only this.

And now methinks I have a mind to it.

BASSANIO   There's more depends on this than on the value.

The dearest ring in Venice will I give you,

And find it out by proclamation.

Only for this, I pray you pardon me.

PORTIA   [as Balthazar]

I see, sir, you are liberal in offers.

You taught me first to beg, and now methinks

You teach me how a beggar should be answered.

BASSANIO   Good sir, this ring was given me by my wife,

And when she put it on, she made me vow

That I should neither sell nor give nor lose it.

PORTIA   [as Balthazar]

That 'scuse serves many men to save their gifts.

And if your wife be not a madwoman,

And know how well I have deserved this ring,

She would not hold out enemy forever

For giving it to me. Well, peace be with you.

                              [Portia and Nerissa exit.]

ANTONIO   My Lord Bassanio, let him have the ring.

Let his deservings and my love withal

Be valued 'gainst your wife's commandment.

BASSANIO   Go, Gratiano, run and overtake him.

Give him the ring, and bring him if thou canst

Unto Antonio's house. Away, make haste.

[Gratiano exits.]

Come, you and I will thither presently,

And in the morning early will we both

Fly toward Belmont. — Come, Antonio.

[They exit.]

ACT 4 Scene 2

Enter Portia and Nerissa, still in disguise.

PORTIA   Inquire the Jew's house out; give him this deed

And let him sign it. [She gives Nerissa a paper.] We'll away tonight,

And be a day before our husbands home.

This deed will be well welcome to Lorenzo.

[Enter Gratiano.]

GRATIANO   Fair sir, you are well o'erta'en.

My Lord Bassanio, upon more advice,

Hath sent you here this ring, and doth entreat

Your company at dinner.   [He gives her a ring.]

PORTIA   [as Balthazar] That cannot be.

His ring I do accept most thankfully,

And so I pray you tell him. Furthermore,

I pray you show my youth old Shylock's house.

GRATIANO   That will I do.

NERISSA   [as Clerk] Sir, I would speak with you.

	[Aside to Portia.]
	I'll see if I can get my husband's ring,
	Which I did make him swear to keep forever.
PORTIA	[aside to Nerissa]
	Thou mayst, I warrant! We shall have old swearing
	That they did give the rings away to men;
	But we'll outface them, and outswear them, too. —
	Away, make haste! Thou know'st where I will tarry.

[She exits.]

NERISSA	[as Clerk]
	Come, good sir, will you show me to this house?

[They exit.]

ACT 5 Scene 1

Enter Lorenzo and Jessica.

LORENZO	The moon shines bright. In such a night as this,
	When the sweet wind did gently kiss the trees
	And they did make no noise, in such a night
	Troilus, methinks, mounted the Trojan walls
	And sighed his soul toward the Grecian tents
	Where Cressid lay that night.
JESSICA	In such a night
	Did Thisbe fearfully o'ertrip the dew
	And saw the lion's shadow ere himself
	And ran dismayed away.
LORENZO	In such a night
	Stood Dido with a willow in her hand

Upon the wild sea-banks, and waft her love

To come again to Carthage.

JESSICA   In such a night

Medea gathered the enchanted herbs

That did renew old Aeson.

LORENZO   In such a night

Did Jessica steal from the wealthy Jew,

And with an unthrift love did run from Venice

As far as Belmont.

JESSICA   In such a night

Did young Lorenzo swear he loved her well,

Stealing her soul with many vows of faith,

And ne'er a true one.

LORENZO   In such a night

Did pretty Jessica, like a little shrew,

Slander her love, and he forgave it her.

JESSICA   I would out-night you did nobody come,

But hark, I hear the footing of a man.

                                        [Enter Stephano, a Messenger.]

LORENZO   Who comes so fast in silence of the night?

STEPHANO   A friend.

LORENZO   A friend? What friend? Your name, I pray you, friend.

STEPHANO   Stephano is my name, and I bring word

My mistress will before the break of day

Be here at Belmont. She doth stray about

By holy crosses, where she kneels and prays

For happy wedlock hours.

LORENZO   Who comes with her?

STEPHANO   None but a holy hermit and her maid.

I pray you, is my master yet returned?

LORENZO   He is not, nor we have not heard from him. —

But go we in, I pray thee, Jessica,

And ceremoniously let us prepare

Some welcome for the mistress of the house.

[Enter Lancelet, the Clown.]

LANCELET   Sola, sola! Wo ha, ho! Sola, sola!

LORENZO   Who calls?

LANCELET   Sola! Did you see Master Lorenzo? Master

Lorenzo, sola, sola!

LORENZO   Leave holloaing, man! Here.

LANCELET   Sola! Where, where?

LORENZO   Here!

LANCELET   Tell him there's a post come from my master

with his horn full of good news. My master will

be here ere morning, sweet soul.   [Lancelet exits.]

LORENZO   [to Jessica]

Let's in, and there expect their coming.

And yet no matter; why should we go in? —

My friend Stephano, signify, I pray you,

Within the house, your mistress is at hand,

And bring your music forth into the air.

[Stephano exits.]

How sweet the moonlight sleeps upon this bank.

Here will we sit and let the sounds of music

Creep in our ears; soft stillness and the night

Become the touches of sweet harmony.

Sit, Jessica. Look how the floor of heaven

Is thick inlaid with patens of bright gold.

There's not the smallest orb which thou behold'st

But in his motion like an angel sings,

Still choiring to the young-eyed cherubins.

Such harmony is in immortal souls,

But whilst this muddy vesture of decay
Doth grossly close it in, we cannot hear it.

[Enter Stephano and musicians.]

Come, ho! and wake Diana with a hymn.
With sweetest touches pierce your mistress' ear,
And draw her home with music.

[Music plays.]

JESSICA   I am never merry when I hear sweet music.

LORENZO   The reason is, your spirits are attentive.
For do but note a wild and wanton herd
Or race of youthful and unhandled colts,
Fetching mad bounds, bellowing and neighing loud,
Which is the hot condition of their blood,
If they but hear perchance a trumpet sound,
Or any air of music touch their ears,
You shall perceive them make a mutual stand,
Their savage eyes turned to a modest gaze By the
sweet power of music. Therefore the poet
Did feign that Orpheus drew trees, stones, and floods,
Since naught so stockish, hard, and full of rage,
But music for the time doth change his nature.
The man that hath no music in himself,
Nor is not moved with concord of sweet sounds,
Is fit for treasons, stratagems, and spoils;
The motions of his spirit are dull as night,
And his affections dark as Erebus.
Let no such man be trusted. Mark the music.

[Enter Portia and Nerissa.]

PORTIA   That light we see is burning in my hall.
How far that little candle throws his beams!
So shines a good deed in a naughty world.

NERISSA   When the moon shone we did not see the candle.

PORTIA   So doth the greater glory dim the less.

A substitute shines brightly as a king

Until a king be by, and then his state

Empties itself as doth an inland brook

Into the main of waters. Music, hark!

NERISSA   It is your music, madam, of the house.

PORTIA   Nothing is good, I see, without respect.

Methinks it sounds much sweeter than by day.

NERISSA   Silence bestows that virtue on it, madam.

PORTIA   The crow doth sing as sweetly as the lark

When neither is attended, and I think

The nightingale, if she should sing by day

When every goose is cackling, would be thought

No better a musician than the wren.

How many things by season seasoned are

To their right praise and true perfection!

Peace — how the moon sleeps with Endymion

And would not be awaked!

[Music ceases.]

LORENZO   That is the voice,

Or I am much deceived, of Portia.

PORTIA   He knows me as the blind man knows the cuckoo,

By the bad voice.

LORENZO   Dear lady, welcome home.

PORTIA   We have been praying for our husbands' welfare,

Which speed we hope the better for our words.

Are they returned?

LORENZO   Madam, they are not yet,

But there is come a messenger before

To signify their coming.

PORTIA   Go in, Nerissa.

          Give order to my servants that they take

          No note at all of our being absent hence —

          Nor you, Lorenzo — Jessica, nor you.

                              [A trumpet sounds.]

LORENZO   Your husband is at hand. I hear his trumpet.

          We are no tell-tales, madam, fear you not.

PORTIA   This night methinks is but the daylight sick;

          It looks a little paler. 'Tis a day

          Such as the day is when the sun is hid.

          [Enter Bassanio, Antonio, Gratiano, and their followers.]

BASSANIO We should hold day with the Antipodes

          If you would walk in absence of the sun.

PORTIA   Let me give light, but let me not be light,

          For a light wife doth make a heavy husband,

          And never be Bassanio so for me.

          But God sort all! You are welcome home, my lord.

                    [Gratiano and Nerissa talk aside.]

BASSANIO I thank you, madam. Give welcome to my friend.

          This is the man, this is Antonio,

          To whom I am so infinitely bound.

PORTIA   You should in all sense be much bound to him,

          For as I hear he was much bound for you.

ANTONIO   No more than I am well acquitted of.

PORTIA   Sir, you are very welcome to our house.

          It must appear in other ways than words;

          Therefore I scant this breathing courtesy.

GRATIANO [to Nerissa]

          By yonder moon I swear you do me wrong!

          In faith, I gave it to the judge's clerk.

          Would he were gelt that had it, for my part,

Since you do take it, love, so much at heart.

PORTIA A quarrel ho, already! What's the matter?

GRATIANO About a hoop of gold, a paltry ring
That she did give me, whose posy was
For all the world like cutler's poetry
Upon a knife, "Love me, and leave me not."

NERISSA What talk you of the posy or the value?
You swore to me when I did give it you
That you would wear it till your hour of death,
And that it should lie with you in your grave.
Though not for me, yet for your vehement oaths,
You should have been respective and have kept it.
Gave it a judge's clerk! No, God's my judge,
The clerk will ne'er wear hair on 's face that had it.

GRATIANO He will, an if he live to be a man.

NERISSA Ay, if a woman live to be a man.

GRATIANO Now, by this hand, I gave it to a youth,
A kind of boy, a little scrubbed boy,
No higher than thyself, the judge's clerk,
A prating boy that begged it as a fee.
I could not for my heart deny it him.

PORTIA You were to blame, I must be plain with you,
To part so slightly with your wife's first gift,
A thing stuck on with oaths upon your finger,
And so riveted with faith unto your flesh.
I gave my love a ring and made him swear
Never to part with it, and here he stands.
I dare be sworn for him he would not leave it
Nor pluck it from his finger for the wealth
That the world masters. Now, in faith, Gratiano,
You give your wife too unkind a cause of grief.

	An 'twere to me I should be mad at it.
BASSANIO	[aside]
	Why, I were best to cut my left hand off
	And swear I lost the ring defending it.
GRATIANO	My Lord Bassanio gave his ring away
	Unto the judge that begged it, and indeed
	Deserved it, too. And then the boy, his clerk,
	That took some pains in writing, he begged mine,
	And neither man nor master would take aught
	But the two rings.
PORTIA	What ring gave you, my lord?
	Not that, I hope, which you received of me.
BASSANIO	If I could add a lie unto a fault,
	I would deny it, but you see my finger
	Hath not the ring upon it. It is gone.
PORTIA	Even so void is your false heart of truth.
	By heaven, I will ne'er come in your bed
	Until I see the ring!
NERISSA	[to Gratiano] Nor I in yours
	Till I again see mine!
BASSANIO	Sweet Portia,
	If you did know to whom I gave the ring,
	If you did know for whom I gave the ring,
	And would conceive for what I gave the ring,
	And how unwillingly I left the ring,
	When naught would be accepted but the ring,
	You would abate the strength of your displeasure.
PORTIA	If you had known the virtue of the ring,
	Or half her worthiness that gave the ring,
	Or your own honor to contain the ring,
	You would not then have parted with the ring.

What man is there so much unreasonable,

If you had pleased to have defended it

With any terms of zeal, wanted the modesty

To urge the thing held as a ceremony?

Nerissa teaches me what to believe:

I'll die for 't but some woman had the ring!

BASSANIO   No, by my honor, madam, by my soul,

No woman had it, but a civil doctor,

Which did refuse three thousand ducats of me

And begged the ring, the which I did deny him

And suffered him to go displeased away,

Even he that had held up the very life

Of my dear friend. What should I say, sweet lady?

I was enforced to send it after him.

I was beset with shame and courtesy.

My honor would not let ingratitude

So much besmear it. Pardon me, good lady,

For by these blessed candles of the night,

Had you been there, I think you would have begged

The ring of me to give the worthy doctor.

PORTIA   Let not that doctor e'er come near my house!

Since he hath got the jewel that I loved,

And that which you did swear to keep for me,

I will become as liberal as you:

I'll not deny him anything I have,

No, not my body, nor my husband's bed.

Know him I shall, I am well sure of it.

Lie not a night from home. Watch me like Argus.

If you do not, if I be left alone,

Now by mine honor, which is yet mine own,

I'll have that doctor for my bedfellow.

NERISSA	And I his clerk. Therefore be well advised
	How you do leave me to mine own protection.
GRATIANO	Well, do you so. Let not me take him, then,
	For if I do, I'll mar the young clerk's pen.
ANTONIO	I am th' unhappy subject of these quarrels.
PORTIA	Sir, grieve not you. You are welcome
	notwithstanding.
BASSANIO	Portia, forgive me this enforced wrong,
	And in the hearing of these many friends
	I swear to thee, even by thine own fair eyes,
	Wherein I see myself —
PORTIA	Mark you but that!
	In both my eyes he doubly sees himself,
	In each eye one. Swear by your double self,
	And there's an oath of credit.
BASSANIO	Nay, but hear me.
	Pardon this fault, and by my soul I swear
	I never more will break an oath with thee.
ANTONIO	I once did lend my body for his wealth,
	Which but for him that had your husband's ring
	Had quite miscarried. I dare be bound again,
	My soul upon the forfeit, that your lord
	Will never more break faith advisedly.
PORTIA	Then you shall be his surety. Give him this,
	[Giving Antonio a ring.]
	And bid him keep it better than the other.
ANTONIO	Here, Lord Bassanio, swear to keep this ring.
BASSANIO	By heaven, it is the same I gave the doctor!
PORTIA	I had it of him. Pardon me, Bassanio,
	For by this ring, the doctor lay with me.
NERISSA	And pardon me, my gentle Gratiano,

	For that same scrubbed boy, the doctor's clerk,
	In lieu of this, last night did lie with me.

[She shows a ring.]

GRATIANO	Why, this is like the mending of highways
	In summer, where the ways are fair enough!
	What, are we cuckolds ere we have deserved it?
PORTIA	Speak not so grossly. — You are all amazed.

[She hands a paper to Bassanio.]

Here is a letter; read it at your leisure.
It comes from Padua from Bellario.
There you shall find that Portia was the doctor,
Nerissa there, her clerk. Lorenzo here
Shall witness I set forth as soon as you,
And even but now returned. I have not yet
Entered my house. — Antonio, you are welcome,
And I have better news in store for you
Than you expect. Unseal this letter soon.

[Handing him a paper.]

There you shall find three of your argosies
Are richly come to harbor suddenly.
You shall not know by what strange accident
I chanced on this letter.

ANTONIO	I am dumb.
BASSANIO	Were you the doctor and I knew you not?
GRATIANO	Were you the clerk that is to make me cuckold?
NERISSA	Ay, but the clerk that never means to do it,
	Unless he live until he be a man.
BASSANIO	[to Portia]
	Sweet doctor, you shall be my bedfellow.
	When I am absent, then lie with my wife.
ANTONIO	Sweet lady, you have given me life and living;

For here I read for certain that my ships

Are safely come to road.

PORTIA How now, Lorenzo?

My clerk hath some good comforts too for you.

NERISSA Ay, and I'll give them him without a fee.

[Handing him a paper.]

There do I give to you and Jessica,

From the rich Jew, a special deed of gift,

After his death, of all he dies possessed of.

LORENZO Fair ladies, you drop manna in the way

Of starved people.

PORTIA It is almost morning,

And yet I am sure you are not satisfied

Of these events at full. Let us go in,

And charge us there upon inter'gatories,

And we will answer all things faithfully.

GRATIANO Let it be so. The first inter'gatory

That my Nerissa shall be sworn on is

Whether till the next night she had rather stay

Or go to bed now, being two hours to day.

But were the day come, I should wish it dark

Till I were couching with the doctor's clerk.

Well, while I live, I'll fear no other thing

So sore as keeping safe Nerissa's ring.

[They exit.]

베니스의 상인

1판 1쇄 찍음	2023년 4월 20일
1판 1쇄 펴냄	2023년 5월 12일

지은이	윌리엄 셰익스피어
옮긴이	최종철
발행인	박근섭 · 박상준

펴낸곳	(주)민음사
출판등록	1966. 5. 19. 제16-490호
주소	서울시 강남구 도산대로1길 62(신사동)
	강남출판문화센터 5층(우편번호 06027)
대표전화	02-515-2000
팩시밀리	02-515-2007
홈페이지	www.minumsa.com

ⓒ 최종철, 2023. Printed in Seoul, Korea

978-89-374-2775-6 04840

978-89-374-2774-9 (세트)